魔技科の剣士と召喚魔王《ヴァシレウス》
8
三原みつき
Illustration:CHuN
(Friendly Land)
JN243348

……忘れ去られた英雄
……ゼロの騎士……？
愛洲移香斎
Aisu Ikousai

ロキ
Loki
強え女だったよ。
はっきり覚えていねえが、
そのときも思ったな、
捨て身ってのはおっかねえって……

紅き武神の瞳《ベルセルク》!!
ベアトリクス
Beatrix

音無輝夜
Otonashi Kaguya
黒触手《デザイアテンタクルス》！

一樹……龍瀧姉妹の攻略で、レメは力と……
そして記憶をいくらか取り戻した
レメゲトン
Lemegeton

これは……
〈天叢雲剣〉……？
いや、その力の一部が、
一時的に宿ったのか？
林崎一樹
Hayashizaki Kazuki

contents

魔技科の剣士と召喚魔王《ヴァシレウス》8

三原みつき

MF文庫J

魔技科の剣士と召喚魔王《ヴァシレウス》

Character

魔技科一年

天崎美桜《あまさきみお》

一樹と同じ施設の出身で兄のように慕うAランクの魔法使い。フェニックスと契約し、炎系の攻撃魔法が得意。

魔技科一年

林崎一樹《はやしざきかずき》

剣の達人ながらレメと契約したことで魔技科に進学、剣技科・魔技科の統一総生徒会長となった本編の主人公。

魔技科二年

星風光《ほしかぜひかる》

魔技科のマニッシュな副生徒会長。男性恐怖症だったが一樹と出会って女の子らしさが開花、ちょっと弾け気味。

魔技科二年

音無輝夜《おとなしかぐや》

アスモデウスと契約する魔技科生徒会長にして学院最強の魔法使い。しかし魔法を使うと淫らになる副作用がある。

魔技科一年

シャルロッテ・リーベンフラウ

北欧セーンムンド公国から亡命してきた姫。読心感応に優れ、一樹の側で仲間の潤滑な交流に貢献する良い子。

魔技科一年

氷灯小雪《ひあかりこゆき》

魔力の強いエルフの少女。その出生から心を閉ざしていたが、真摯な一樹にほだされ信頼を寄せるようになる。

剣技科二年

塚原一羽《つかはらかずは》

日本神話と契約する魔法剣士。

魔技科一年

桂華玲《かつらかりん》

一樹が解放した、元中華の刺客。

剣技科二年

林崎鼎《はやしざきかなえ》

一樹の姉で剣技科の生徒会長。

魔技科一年

神邑《かみむら》いつき

アマテラスの契約者だが臆病娘。

魔技科二年

龍瀧忍舞《りゅうたきしのぶ》

一樹に嫉妬している雅美の双子。

魔技科二年

龍瀧雅美《りゅうたきみやび》

平等な一樹に興味を持つエルフ。

剣技科一年
疋田琥珀《ひきたこはく》
神器マニアの凄腕剣士。
魔技科三年
八雲茜《やぐもあかね》
脳天気な花音のお目付役。
魔技科三年
香月花音《こうづきかのん》
魔技科の前代生徒会長。
レメ
ソロモン72柱を統べる神魔。
ロキ
香耶の憑依契約神魔。
香耶《かや》
一樹を狙う違法魔法使い。
山形小弥太《やまがたこやた》
日本騎士団の連隊長。
リズリサ・ウェストウッド
一樹たちの超辛口な担任。
バール
光の契約神魔。
プロメテウス
ロッテの契約神魔。
アスモデウス
輝夜の契約神魔。
フツヌシノカミ
一羽の契約神魔。
エレオノーラとダミアン
北欧騎士団の一員。ベアトリクスの部下。
ベアトリクス
一樹を色んな意味で狙う女戦士。
愛洲移香斎《あいすいこうさい》
一樹と王の座を争う大和の幹部。
レジーナ・オリンピア・フォルナーラ
イタリアの王。貴族主義。
アーサー・ヴァシレウス
紳士的なイギリスの王。
イリヤエリア・ムーロメツ
ロシアの冷徹な女王。
孫小龍《そんしょうりゅう》
無邪気な中華道国王の側近。

前巻までの物語

剣の達人・一樹は召喚魔法を総べる神魔のレメに導かれ、国立騎士学院の魔技科に進学する。レメ曰く、神魔と契約する魔法使いの好感度に比例して一樹も同じ魔法が使えるという。一樹は学院で魔技科と剣技科の橋渡しを成し、統一総生徒会長となった。そんなとき、西日本が大和を標榜して独立宣言、東西戦が勃発する。激化する戦いは一樹と魔技科の魔法使い達との連携を高めるが、英露伊王の干渉で休戦を迎える。そして富士山麓の大魔境に眠る三種の神器を手にした者が東西を統一する日本王と認められることになり、一樹と大和の決着は神器の争奪戦へともつれ込む——。

口絵・本文イラスト●CHuN

一章　強くなるための一番の近道

一樹《かずき》は桃色の空間にいた。

床も、壁も、天井も、すべてが鏡張りの広間である。そこに扇情的《せんじようてき》な桃色の光が乱反射《らんはんしや》し、一樹を包み込んでいた。桃色の光の中で、一樹の頭は霞《かすみ》がかって虚《うつ》ろだった。

耳元にどこからか囁《ささや》き声が聞こえてきた。

『いやぁ～ん』

『あはぁ～ん』

『うふぅ～ん』

どこか無理してやっているような照れを感じさせる、聞いたことのある声だった。

『うふ～ん。か、一樹……いいのよぉ～ん』

何がうふ～んだ、と一樹はぼんやりとした頭の中でつっこむ。

パッ！と桃色の光の中から、目の前に裸の女の子が現れた。

知っている人である。龍瀧雅美《りゆうたきみやび》――雅美先輩だ。周囲の鏡にも雅美先輩の裸の姿が反射し、一樹の四方八方が雅美先輩の裸で埋まった。

しかし裸ではあるが——際どいところは薄くぼかしが入って見えない。

『一樹……さぁ、溜《た》まりに溜まった煩悩を、この世界でなら解放してもいいのよ……』

目の前の雅美先輩が歩み寄ってきて一樹の首をかき抱《いだ》いた。すると一樹の衣服も煙《けむり》のように消えた。だが一樹の裸体も、ぼかしが入っていて曖昧《あいまい》だった。

現実感のない世界である。

一樹を抱く雅美先輩の両腕にぎゅっと力が入った。剥《む》き出しの雅美先輩の胸が押しつけられる感触が——しない。まったくしない。女の子の甘やかな匂いも——しない。

この世界の主が、それを伝えることを躊躇っているからだ。

一樹のぼんやりとした頭が、いよいよ違和感でいっぱいになった。

言ってみれば、しらけた。よって一気に覚醒《かくせい》した。

「……雅美先輩、何ですかこのメチャクチャな精神侵蝕《マインドハック》魔法は!!」

抱き締めてくる雅美先輩の腕を振りほどいて、一樹は彼女から退《ひ》いた。

一樹の両手のうちに、一樹の意思に応じて愛刀《あいとう》の〈道風《どうふう》〉が生み出された。

目の前の世界そのものに向けて、道風を真《ま》っ直《す》ぐに振り下ろす。

その瞬間、すべての鏡が一斉に砕け割れた。バラバラバラ……と鏡の破片が崩落し、魔法で生み出された精神世界が真《ま》っ暗闇《くらやみ》に閉ざされていく。そして——

――一樹《かずき》は、現実世界に帰還した。

「か、一樹っ!?」

雅美《みやび》先輩が、目の前でびくりと狼狽《うろた》えた。

彼女は一樹の精神に魔力を送り込んでいた。だがその接続が途絶《とだ》え、一樹の意識がはっきりと取り戻された。

真っ白な朝日が地平から顔を出し、緑の色濃い初夏の木々が輝きながら揺れている。すぐ傍《かたわ》らにはレンガの建物がある。ここは――魔女の館の庭園《ていえん》だ。

いつもの早朝特訓の時と場所。ただ今回の特訓はいつもと違って光《ひかる》先輩ではない。

「……ふふっ、私のとっておきの魔法を跳ね返すとは特訓の成果が出たわね」

雅美先輩はコホンと咳払《せきばら》いをしてから、涼《すず》やかな余裕の笑みを取り戻した。

彼女は真珠のように滑らかな光沢を帯びたドレス型の魔導礼装《デコルテオブリージュ》を身に纏《まと》っていた。精神攻撃魔法を得意とするソロモン72柱の女悪魔〈グレモリー〉の魔導礼装である。

「ふふふ……『師匠』として、弟子の成長に鼻が高いわ。あれだけ精神侵蝕に耐性がなかった一樹が、こんなに容易《たやす》く私の魔法を跳ね返してみせるだなんて」

「あの、先輩……」

一樹は口を挟《はさ》もうとするが、無視された。

「ふふっ。でも一人の女としては、今のをあっさり跳ね返されるのはプライドにズタズタと傷がつくのを感じずにいられないと、ちょっぴり切なく思うというか……」

「先輩！」

一樹は語調を強くして、雅美先輩の早口を遮《さえぎ》った。

「先輩、俺《おれ》が成長したんじゃなくて、今の魔法には無理があります」

「うっ」

「先輩、自分でやっててメチャクチャ照れてたじゃないですか。『あはぁ～ん』とか『うふぅ～ん』とか、完全に棒読みでしたし。そもそも台詞《せりふ》のレパートリーがちょっと」

容赦のないダメ出しに、雅美先輩のエルフの白い顔がカーッと真《ま》っ赤《か》になった。

「や、やめて！　改めて冷静に指摘するのは!!」

「裸になったかと思ったら、モザイクがかかって見えてなかったですし」

一樹はあえてダメ出しを続けた。

「……私はさらけ出すつもりで思い切って魔法をかけたのに……」

自分の意志でそう思っても、無意識が躊躇《ためら》ったのだろう。

先輩はいつも無理をしてばかりいる。

「俺も裸にされたけど、俺の裸にもモザイクがかかってましたね」

ダメ出しを続ける。雅美先輩はリアリティある異世界を構築するのに失敗したのだ。

それが一樹の興ざめ――覚醒《かくせい》を促《うなが》した。

「しょ、しょうがないじゃない！　男の人の裸なんて直《じか》に見たことないんだから！」

雅美《みやび》先輩はいつものクールな態度をかなぐり捨てて開き直った。

「貴方《あなた》だって女の裸なんて見たことないでしょう⁉」

一樹《かずき》はギクリとした。咄嗟《とっさ》に思い出す——ありありと思い浮かべてしまう。

天《あま》の岩戸《いわと》で、一羽《かずは》先輩と、日本神話伝統の『裸踊り』をさせられたときのことを。

二人は岩戸に鳴り響く音楽に合わせて裸で踊った。踊り狂った。

踊っていては自分の身体をどこも隠すことはできなかった。

むしろその踊りはお互いの『性的魅力』を余すところなく引き出そうというように、激しく本能的な動きだった。まるで動物の求愛行動のように——。

一樹は情熱的な調べの中で、一羽先輩の身体の『あらゆるすべて』を見た。

胸も、お尻も、もっと秘めるべきところも……それは今も、脳裏に焼き付いている。

そして二人は昂《たか》ぶり合いながら、固く抱擁《ほうよう》した。先ほどの精神魔法の空間と違ってお互いの身体の感触をリアルに感じ合いながら、無我夢中に貪欲なキスをした。

いつもは照れ屋の一羽先輩も、あのときばかりは……。

「か、一樹……ちょっと、その顔は……」

雅美先輩の狼狽《うろた》え声に、一樹はハッと我に返る。どうやら表情に出ていたらしい。

一樹のリアクションから何かを察して、雅美先輩はわなわなと震えだした。

「こ、これじゃあ私、ピエロだわ……。『精神攻撃魔法の耐性をつける特訓』にかこつけてセクシーな誘惑《ゆうわく》で一樹の胸をきゅんきゅんに堕《お》とすつもりが、こんな無様を晒《さら》して逆に経験の差を見せつけられるなんて……」

「先輩、違います！　今いろいろ指摘したのは先輩に恥をかかせようとかそういうことじゃなくて……」

少しだけ嗜虐心《しぎゃくしん》も刺激されていたが、意地悪で言ったわけではない。

「先輩はいつも無理をしてるように見えるから、変に関係を急ごうとしないでくださいって俺《おれ》は言いたいんです！」

仲良くなりたいと気持ちばかりが焦って、本当は見せたくもない裸で誘惑しようなんて、間違っている。先輩は素敵な人なのだから、自分を大事にして欲しい。

一樹はわなわな震える雅美先輩の肩を両手で押さえて言った。

「一樹……」

雅美先輩は顔を持ち上げ、潤《うる》んだ瞳を一樹に向ける。

雅美先輩はいつもクールで余裕のある自分を装おうとする。

幼少の頃からエルフゆえに迫害《はくがい》を受けてきたことで、常に『強がりの仮面』を被《かぶ》ることがクセになってしまっているのだろう。

『私は別に辛《つら》くないわ。余裕たっぷりよ』というふうに。

一樹はその仮面を剥《は》がしたかった。

今、雅美先輩はありのままの感情を剥《む》き出しにし、ちょっと涙目になって一樹と向かい合っている。

「先輩は俺《おれ》と距離を縮めようって先走って大胆なことばかりするけど、本当はそんなことをできるような気持ちの準備は出来ていないでしょう？」

雅美《みやび》先輩は心を通わせられる相手を強く求めている。エルフであることを気にしない一樹《かず》にその気持ちを注ぎこもうとし、しかし完全に空回りしてしまっている。

「こういうことはしないでください。先輩が嫌いとかそういうことじゃなくて……俺も先輩と仲良くなりたいから、そう思うんです」

実際、雅美先輩はこんな行動を自然にとれるほど好感度が高くないのだ。

龍瀧《りゅうたき》雅美――50。

相当仲良くなれたとは言えるけれど。

まさか精神世界とはいえ全裸で誘惑《ゆうわく》することが妥当《だとう》な仲では絶対にない。

「……そうね」

雅美先輩は認めるときは潔《いさぎよ》い人だった。

「……一樹が私に『精神攻撃魔法の耐性を鍛《きた》える特訓に付き合って欲しい』って言うから、これを口実に精神世界でガツンと誘惑して一気に距離を縮めようと思って……」

「それで『あはぁ～ん』はアクセル踏みすぎてコースアウトしてますよ」

「曲がれると思ったのよ……」

「事故る人はみんなそう言うんです」

「ドリフトに自信があったのよ……」

雅美先輩はまたしゅんと俯《うつむ》いてしまった。他人と仲良くなりたくて仕方がないけど、クールな自分を崩して弱みを見せたくないから過剰《かじょう》に頑張っておかしなことをしてしまう。ちょっとした集まりにドレスを着てくるような。

ちょっとしたお礼に高価すぎるものを渡そうとして相手を困らせるような。

「先輩って可愛《かわい》らしい人ですね」

一樹はショボーンと沈み込んだ雅美先輩の頭を撫《な》でた。

銀色の髪がさらさらと輝きながら、一樹の手の平《ひら》の下でほどける。

「……年上の私に可愛いだなんて、子供扱いはやめてもらいたいものだわ」

カッコつけたがりの雅美先輩はぷいっとそっぽを向いてしまう。

「カッコつけるのはやめましょうよ」

一樹はその横顔をほじくり返そうと滑らかなほっぺたをつんつん突っついた。

雅美先輩は好感度アップのハートマークをふわふわ飛ばしながら、ふぅと息を吐く。

「困ったものね、貴方《あなた》はすぐに私の虚勢《きょせい》を見透《みとお》してしまう」

「観察力には自信がありますから。それはともかく先輩、特訓につきあってくれてありがとうございます」

一樹はほっぺたをつつくのをやめて、改めて彼女に頭を下げた。

「精神魔法からの抵抗力が自分の弱点だって感じていたので、助かります」

「そうね。さっきは余計なことをして破られたけど、それまでは百発百中で私の術中《じゅっちゅう》にハマっていたものね。ふふふ、あまり調子に乗らないことだわ」

雅美《みやび》先輩は年上の余裕を取り戻し、髪をかき上げた。美しいドレスを身にまとった目が潰れるような美人なので、こういう仕草が実に様になる。

「でも自分の中では上達《じょうたつ》を感じました。先輩から魔力の触手《しょくしゅ》みたいなのが伸びてくるのが感じられるようになって、抵抗できるようになってきた気がする。そうだ……雅美先輩、試してみたいことがあるので、もう一回だけ付き合ってもらえますか？」

「構わないわよ」

「ありがとうございます、ちょっと準備させてください」

一樹《かずき》はまず自分が呪文の詠唱《えいしょう》を開始した。

「受ける側の貴方《あなた》が何で魔法を……？」

「我は剣の巫覡《ふげき》なり……盤裂《いわさ》き、根裂き、咎《とが》を経津《ふつ》、その破邪の霊剣いざやこの手に！抜刀、経津御魂《フツノミタマ》!!」

怪訝《けげん》な顔をする雅美先輩の前で、一樹は斬魔《ざんま》の剣を生み出して正眼《せいがん》の構えをとった。

「お願いします」

ただならぬ気配を感じ取って、雅美先輩は表情を引き締めた。

「青ざめし永遠の満月よ、満ち欠けを忘れ、世界を照らす鏡となれ！　月影ここに満ちて世界を乱せ……迷い月夜の宮殿《ルナティッククラビリンス》!!」

雅美先輩の魔導礼装《デコルテオブリージュ》がカッと強い光を放ち、魔法が発動する。

だがそれだけだ。精神魔法はこの世界に何も引き起こさない、静かな魔法だ。

しかし感覚を凝《こ》らせば雅美先輩から一樹に『触手のような光の線』が一筋《ひとすじ》、伸びてくるのを感じ取ることが出来る。

一樹はようやくそれを知覚できるようになったのだ。

この魔力の触手の速さは——音速ぐらいは優に超えているだろう。

だが林崎《はやしざき》流の先読みは、速さを制する。

「フッ！」と一樹は鋭く息を吐きながら、経津御魂の切っ先を返して横に薙《な》いだ。

力を入れる必要はない。最弱にして最速の太刀筋《たちすじ》を目指す。

魔力の触手が太刀筋にひっかかる。何の手応えもなく光の線に刃が通り過ぎ——ぷつりと切断された。経津御魂は、魔を断つ神器だ。

両断された光の線から、雅美先輩の思念波が行き場を失って霧散《むさん》する。

……魔法の失敗を自覚し、雅美先輩が驚きで目を見開いた。

「できた！　魔力がうっすら見えたから『斬れる』んじゃないかと思ったんだけど！」

一樹は会心の笑みを浮かべて、グッとガッツポーズした。

雅美先輩は無言で近寄って、一樹の顔に両手を伸ばしてきた。

「……先輩？」

一樹の両頬《ほお》が雅美先輩の両手にぐにぃ～と引っ張られた。

「せ、先輩！　いひゃい!!　いひゃいれふ!!」

「今……私の先輩としての誇りはボロボロに打ち砕かれたわ。性的な経験値で敗北し、そして得意の精神魔法まで破られるなんて……」

一樹《かずき》は頬《ほお》を引っ張られる痛みを防衛魔力で防ぐことはせず、甘んじて受け入れながら、

「やめへふははひ！」と雅美《みやび》先輩をなだめた。

雅美先輩は一樹の両頬から手を離して、ションボリーンと頭《こうべ》を垂《た》れた。

「……もう立ち直れない……ガラスのハートが粉々に砕け散ってしまったわ……」

「先輩、ちょっと試してみたかっただけで、これはあまり実戦的じゃないですから。相手が精神魔法を使ってくる前に経津御魂《フツノミタマ》を準備していないといけないですし」

相手の精神魔法の狙いを先んじて察したとしても、そこから経津御魂を詠唱《えいしょう》し始めるのではとても間に合わない。

……一樹が一羽《かずは》先輩の好感度を150まで上げて、『ソロモンの印《ゼコルベニ》』の力を発動させない限りは。

「ていうか性的経験なんて、妙な言い方やめてください。俺《おれ》は清い身体です。自分の自制心を自分で褒めたいぐらいですよ」

雅美先輩はぷうと頬を膨らませてふてくされた。

「清い身体なんて飾った言葉はやめて。俺は童貞ですってはっきり言ったらどうなの」

「な、なんか事実だけど口に出して言いたくないです！」

「私は処女よ!!!!」

「そ、そうなんですか、嬉《うれ》しいです」

「ふふふ、私が処女だと聞いた途端にがっつくような視線を向けちゃって」

雅美先輩は妙な会話の流れから、妙なことを言い出した。もちろん一樹はそんな視線を向けてなどいないが、雅美先輩はそうと決めつけて優雅《ゆうが》に髪をかき上げる。

「若い男の子はまるで獣ね。だけど私は月の乙女……年上の包容《ほうよう》力で、その劣情《れつじょう》を受け止めてあげるわ……ふふふ……」

無理矢理《むりやり》にでも自分が上の立場ということにして立ち直ろうと試みているらしかった。別にどう思われても構わないので、一樹は温かく見守ることにした。

雅美先輩は優雅なポーズをとりながら、くるくると回転しだした。愉快な人だ。

スカートが一輪の花のようにふわりと広がるのに、一樹は見惚《みほ》れた。

——殺気！

一樹は不意に殺気を感じ、くるくる回転する雅美先輩からバッと距離をとった。

先輩は気付かずくるくる回り続けている。

これは……召喚《しょうかん》魔法の気配。

そう、その人はさっきからずっと、こちらを観察していた！

「……森を彷徨《さまよ》う寂しき狼《おおかみ》よ、汝《なんじ》は女神《めがみ》より月光を与えられり。その光は戦士の力……鋭き牙《きば》を刃に変えて、その武勇《ぶゆう》を示せ！　獣牙の双剣《ブレードタスク》!!」

一樹が先ほどまで立っていた場所に、二筋の斬光《ざんこう》がほとばしる。

見えない剣士に操られているかのように双剣が空を切って飛んできたのだ。巨大な獣の牙《きば》を磨き上げて作ったような、無骨な刃。まともに当たればダメージはでかい。

「ふっ！」

一樹《かずき》は迫りくる双剣の二連撃を見切り、経津御魂《フツノミタマ》で弾《はじ》き返す。

斬魔《ざんま》の刃に祓《はら》われて、双剣は魔力の粒子となってかき消えた。

同時に経津御魂も力を使い切って消滅する。

雅美《みやび》先輩はバレリーナのようにピタリと回転を止めて、驚きの声をあげた。

「……この魔法は、忍舞《しのぶ》！」

魔女の館の庭園《ていえん》を取り囲む木々の陰から、呼びかけに応じるように忍舞先輩がのそりと姿を現した。挑みかかるような鋭い視線を、一樹に真《ま》っ直《す》ぐ向けている。

身に纏《まと》う魔導礼装《デコルテオブリージュ》は炎と氷の結晶に飾られた黒い戦闘服だ。しなやかな肌の大部分を露出させた身軽な格好《かっこう》で、どこか野生の獣の雰囲気がある。

炎と氷の二重属性を持った牝狼《めすおおかみ》の悪魔〈マルコシアス〉の魔導礼装である。

一樹は……鋭い視線を柳のごとく受け流して、やっぱり美人だな、などと思った。

強い意志を感じさせるぱっちりとした瞳に、シャープな目鼻立ち。

真剣な表情でこちらを睨《にら》んでいるが、それだけに容姿の端麗《たんれい》さが際立つ。常に微笑《ほほえ》みを絶やさない雅美先輩が上品な百合《ゆり》の花ならば、忍舞先輩は抜き身の刃のようだ。

昔の——まだ仲が良くなかったころの鼎《かなえ》に少し似ている。

「……どうしてそんな惚《ほう》けた顔を私に向けられる」

一樹の横面を言葉ではたくように、忍舞先輩が鋭く言った。

「実戦剣術の使い手が、また攻撃魔法を仕掛けてくるかもしれない相手に、どうしてそんな隙《すき》だらけのマヌケ面を晒《さら》していられる」

「これから仲良くなりたいという相手に身構えてたら、上手《うま》くいくものもいかないだろ」

それは小雪《こゆき》や一羽《かずは》先輩と仲良くなる上で学んだことだ。

一樹はポンと腰の愛刀《あいとう》の柄《つか》を叩《たた》いた。

「それにこの距離なら、どんなに後手にまわっても俺《おれ》の間合いだしな」

まったく動じる様子を見せない一樹に、忍舞先輩の眉間にむ〜っと皺《しわ》が寄った。

「そういうふうに何か聞いてくれるだけでもありがたいな。興味を持ってくれてるってことだろ？」

一樹は突っつくように問いかけた。すると忍舞先輩は過敏な反応を見せ、無言でバッと身を翻《ひるがえ》し、駆け去ってしまった。

学生寮の方へと背中が遠ざかっていく。

雅美先輩が心痛《しんつう》を表情にありありと浮かべながら、一樹に謝った。

「ごめんなさい、一樹。あの子、いきなり攻撃するような真似《まね》をして……」

「平気ですよ。俺も忍舞先輩と仲良くなりたいですから」

「素晴らしい姉妹丼への執念《しゅうねん》だわ」

「いや、そんなつもりじゃ……」

どうしてもこっちをスケベ扱いにしたいんだな……。

と思ったら雅美《みやび》先輩の頬《ほお》もほのかに赤かった。自分で言って照れてる……。

「忍舞《しのぶ》、本当は貴方《あなた》と相性がいいと思うんだけどね」

「え、本当ですか？　だったらいいんですけど」

「だってあの子は甘えん坊だから。二人っきりのときはいつでも甘えパラダイスだから。世話焼きの貴方と組み合わせれば、愛の永久機関が完成するはず」

「忍舞先輩には雅美先輩がいるじゃないですか」

「私は……そんなに出来た姉じゃないもの」

雅美先輩はいっそう両肩を萎《しお》れさせた。

龍瀧《りゆうたき》姉妹の関係は複雑だ。

エルフとなって迫害《はくがい》を受けることとなった雅美先輩は、忍舞先輩が常に傍《そば》にいたおかげで立ち直ることが出来た。外の世界に友達を作りたいと前向きに思うようにもなれた。

しかし当事者の雅美先輩ではなく忍舞先輩の方が、未《いま》だに外の世界を許していない。

大好きな双子の姉を迫害したすべての人間を、未だに憎悪し続けている。

そうなると雅美先輩が一樹《かずき》と仲良くなろうとすると、忍舞先輩は一樹に吠えかかるようになってしまう。それは雅美先輩にとって不本意なことで……言わば友達を作りたい雅美先輩の足を忍舞先輩が引っ張っているのだ。

雅美先輩はずっと傍にいてくれる妹に感謝しつつも――負担と罪悪感も抱いている。

この『二人だけの閉じた関係』を何とかするには――一樹が二人を同時に攻略するしかない。どちらかだけを攻略するというのでは、片方を孤独にしてしまう。

姉妹丼というのは下品な言葉だが、あながち間違いではなかった。

「大丈夫です、先輩」

一樹は雅美先輩の肩に手を置いて、言い直した。

「姉妹丼、やぶさかでもないですから」

「……そう。ふふっ、一樹はやっぱりケダモノね」

一樹の名誉と引き替えに、雅美先輩は笑顔を取り戻してくれた。

特訓を終えて雅美先輩は学生寮に帰っていった。

朝も早くからわざわざ魔女の館に来てくれた彼女に、一樹はつくづく感謝が湧く。

ありがたさのあまり、ついいつもより長く特訓してしまった。

キッチンではメイド服に着替えた美桜《みお》や小雪《こゆき》がすでに一樹を待っている頃合いだろう。

一樹というシェフがいなければ、彼女たちメイドだけでは美味《おい》しい朝食は作れない。

一樹は急いで中庭から表門に回り込み、館の扉を押し開いた。

扉を開けた瞬間、くらりと立ちくらみを感じた。頭が白ばむ。早歩きに動かしていた両脚《あし》がもつれた。危うく転びそうになって、扉にすがりついて耐える。

なんとか扉を閉めると、それに背中を預けて動けなくなりかけた。

……いや、休んでいる時間はない。

輝夜《かぐや》先輩に喜んでもらえるような、美味《おい》しい朝食を作らないと……。

そう思うのだが――意識が白くなったまま遠ざかっていく……。

一樹《かずき》は扉に背を預けたまま、ずるずると床に崩れ落ちていった。

「……弟くん？　弟くん⁉」

――気を失う間際、慌ただしく駆けてくる足音と声が聞こえた気がした。


……。


ゆっくりと意識が取り戻されていく。

気がつくと、一樹はモフモフとしたぬくもりに包み込まれていた。

お布団……。人を堕落《だらく》に誘うこのあまりにも魅惑《みわく》的な感触は、朝のお布団の感触だ。

一樹の人生における最強の敵の一人である。

ほんの一秒たりとも時間を無駄にしてはいけないと、一樹はこれまで自分を戒《いまし》めて生きてきた。朝は誰《だれ》よりも早起きをし、鍛錬《たんれん》と家事をこなさなければならない。

そんな生活を毎日続けようとすれば、この難敵との戦いを余儀なくされる。

難敵である。ほんの少しでも心に甘えを作れば、それで最後だ。

俺《おれ》はもっともっと強くならないといけないんだ。

お布団なんかに負けてたまるか……

……いや、待て。何かおかしい。

自分は今朝《けさ》、もうこの誘惑《ゆうわく》を一度は振り払ったはずではなかったか。

せっかく一度は勝利したのに、どうしてまたお布団との戦いを強いられている？

……まさか時間がループしている？　新手の攻撃魔法なのか？

意識をしゃんとさせて、この誘惑に抗《あらが》わなければ！

だけど……しかし……。

おふとぅん……。おふとぅんあったかい……。

「そのまま寝てていいんだよ」

優しい声が掛け布団の上から降りてきた。

布団にくるまっていた一樹は、外の明るい世界に寝ぼけまなこを向けた。

自分の部屋の天井をバックに、輝夜先輩が優しい微笑《ほほえ》みを浮かべて一樹の顔を覗《のぞ》き込んでいる。……この時間、この場所に、絶対にいるはずのない人だ。

「……輝夜先輩？　どうして……」

一樹は微睡《まどろ》みながら問いを発した。

「……どうしてこんな時間に起きてるんですか？」

輝夜先輩は低血圧で、いつもねぼすけだ。輝夜先輩がベッドの上の自分を見下ろすなど絶対にあり得ない構図のはずである。

一樹《かずき》は先輩といっしょに寝たとき、彼女を早起きさせようと試みたものの、寝言で『地獄想火《ゲルニカ》』をムニャムニャと詠唱《えいしょう》しだしたため、身の危険を覚えて諦めたことさえある。

「弟くん、昨晩も夜遅くまで一人で魔法の詠唱の特訓をしてたでしょ？」

輝夜《かぐや》先輩は一樹の鼻先をちょんと突きながら指摘した。

……見られていたのか。

頭の中が少しずつクリアになっていき、記憶が定《さだ》かになる。

一樹はここ最近の戦いの中で、三つの弱点を自覚した。〈ソロモンの印〉のコントロール。精神魔法の抵抗力の無さ。詠唱速度の遅さ。

これらを克服《こくふく》するべく、さっそく努力を始めた。

昨晩は夜遅くまでソロモンの印を使った魔法発動の特訓をし、今朝《けさ》は夜明け前から雅美《みやび》先輩に付き合ってもらって精神魔法の抵抗力を鍛《きた》えた。詠唱速度の特訓は今夜の予定だ。

夜も朝も、特訓を詰め込んだ。

強くならないといけない。少しでも、一刻も早く。

不意に、昔のことを思い出す——林崎《はやしざき》家の養子に引き取られた当初の頃。

剣士として自分よりも遙《はる》か先を進んでいた鼎《かなえ》に追いつくためには、鼎が寝ているような時間にも鍛錬《たんれん》を積むしかなかった。早朝の特訓もそうして出来た習慣だった。

そうだ。自分よりも強い相手に出会ったらそうせずにはいられない。

「あんなに夜更かししてたのに、いつもの日課の早朝訓練もするんじゃないかと心配になって、私も出来るだけ早起きして様子を見ようと思ったの。それでも起きられたのは弟くんが特訓を終えた頃だったけど……そしたら、あんなことになってたから」

　なるほど、と一樹は合点が言った。雅美先輩がいなくなって気が抜けたところに、ちょうど輝夜先輩がやってきたわけだ。そして自分は……。

「睡眠不足と軽度の魔力酔いのダブルパンチで倒れてたから、私がここまで運びました」

　一番情けないタイミングを見られてしまったわけだ。

「……これしきの鍛錬で情けない。魔力酔いは、もう大丈夫です。すみません先輩、すぐにご飯作りますから……」

「無理しちゃダメだよ、寝てて！」

　跳ね起きようとした一樹の肩を、輝夜先輩の両手が押しとどめた。

「あのね、確かに魔女の館では後輩が家事を分担することになってるけど、忙しいときは先輩に押しつけてもいいの。私だって去年は後輩だったんだからご飯ぐらい作れます」

「……先輩、よく見たらその格好《かっこう》……」

　寝ぼけていたから気付くのが遅れたが、輝夜先輩は見慣れた異装をしていた。

「ふふっ」と笑って、輝夜先輩はくるりと一回転する。

　その服装は、メイド服だった。

　輝夜先輩がメイド服を着ているのを見るのは、初めてだ。

　輝夜先輩のワガママな身体を清楚《せいそ》な生地がピッタリと包み込んでいる。この完璧なサイズ感は既製品ではなく、美桜《みお》の手縫《てぬ》いによるものに違いない。

だが美桜が愛用しているミニスカメイド服とは違ってロングスカート型だ。露出度は低いが、輝夜《かぐや》先輩の魅力はそれで覆い隠られるようなものではなく、生地の中に抑圧されてかえってパッンと強調されている。一樹《かずき》の寝ぼけた頭が思わず覚醒《かくせい》しかけた。

「こういうときもあろうかと、美桜ちゃんたちとで済ませるから、弟くんに用意してもらっておいたのです！　今日の家事は私と美桜ちゃんたちとで済ませるから、弟くんはゆっくり休んでて！」

「でも先輩、俺《おれ》はもう大丈夫ですから」

「私たちに頼るべきときは、ちゃんと頼って。それが弟くんが強くなるための一番の近道だと思うよ」

一樹は言葉を呑《の》み込んで黙った。

輝夜先輩は、こちらの気持ちを完璧に理解してくれている。

先輩の両手がそっと一樹の頬《ほお》を包み込んだ。

「こんな無茶《むちゃ》ばかりして、弟くんはそうやって今まで強くなってきたんだね」

「……魔女の館のみんなだってそうじゃないですか」

美桜だって魔法の才能を見初《みそ》められて以来、死にものぐるいで魔法の修練《しゅうれん》を積んできている。小雪《こゆき》もエルフだからこそ魔法では誰《だれ》にも負けたくないと誇りを持っている。輝夜先輩も、父親から「最強たれ」と強制的な暗示を受けて育ってきた。

光《ひかる》先輩はああいう性格だから努力や苦労をまったく表に出さないけれど。

同世代のエリートが集まる騎士学院の中のさらに数人のエリートが集まる魔女の館に、無茶《むちゃ》な努力をしていない人間がいるはずがない。

「でもきみは特別なものを背負ってる」

王の力……。

だがどうして自分がそれを背負わされたのか、その理由すら自分は知らないのだ。

「弟くんは今、少しでも強くなりたいって焦ってるんだよね。だったら私たちは、それを支えるよ。だからしばらく弟くんは家事禁止！　私たちメイドが仕える王様として、どっしり構えて休んでもらいます！」

「それはそれで物足りないです……家事は趣味も兼ねてますし……」

「でも今の弟くんは眠いでしょ？」

眠い。このまま寝ないで今日のスケジュールを乗り越えるつもりだったが、寝ておいた方が後の授業や特訓が効率的になるのは間違いない。

周りに頼ることが強くなるための近道というのは、真理だった。

「……すみません、先輩」

輝夜《かぐや》先輩の優しさが胸に染み入って、一樹《かずき》は再びうとうとと微睡《まどろ》みはじめる。

一樹の頬《ほお》に、輝夜先輩がちゅっとキスをした。

「謝らなくて全然いいんだってば。よし、それじゃあ腕によりをかけてくるからね！」

輝夜先輩はぐっと力こぶポーズをして、部屋から出て行く。一樹は本格的に眠りの体勢に入って寝返りを打った。

するとと布団の中で何かがモゾモゾと動き出した。

「かーずきっ」

囁《ささや》き声とともに顔を出したのは、フィットウェア姿の光《ひかる》先輩だった。

「……光先輩？」

「ぼく家事があまり得意じゃないから、メイド、クビになっちゃった」

この人も去年は後輩だったはずじゃなかったのか……。

そういえば茜《あかね》先輩が光先輩について前に『紅茶を淹《い》れるのだけは得意』と言っていた。

ということは他は……ということか。そして、クビというわけか。

「だからぼくは抱き枕になって一樹を癒《い》やす役割になるっ！　ほーら、おいでっ」

にぱーっと人懐っこい笑顔を浮かべて、布団の中で光先輩が両手を広げる。

理性が半ば夢の世界に旅立っている一樹は、躊躇《ためら》いなくそこへ飛び込んだ。光先輩の腰にぎゅっと手を回して抱きつき、ぽふっと光先輩の胸に顔を埋める。

「ひゃあ、そんな予想外に積極的だと、ドキっとしちゃうな。もう。あははっ」

光先輩も嬉《うれ》しそうに一樹を抱き返す。ふわりと甘い女の子の香りが布団に篭《こ》もった。

身体にピタリと張り付くフィットウェアは、裸同然の下着だ。顔いっぱいに光先輩の胸を感じ、身体中《からだじゅう》で肌を重ね合う。だが一樹は官能よりもむしろ癒やしを感じていた。

抱き枕には体勢の負担を軽減し、精神的にストレスを回復させる作用がある。

……ここまで他人に甘えてしまうのは初めてだ。鼎《かなえ》にだって……。

そんなことを思いながら一樹《かずき》は意識を手放して、眠りに沈み込んでいった。

†

みんなが力を合わせて作った朝食は、朝食とは思えないぐらいに豪勢だった。それぞれが良いところを見せようとし過ぎたらしい。

豪華《ごうか》で楽しい朝食だった。

それからみんなで学院に登校した。大事なのは個人特訓だけではない。

魔技科《まぎか》の授業は実戦的で無駄がない。教師のリズリザ先生が元騎士だからだろう。大和《やまと》との実戦を経験してきた一樹には、そのありがたみがよくわかる。

みんなの温情《おんじょう》のおかげで、一樹はいつも通り集中して授業を受けることが出来た。


そして放課後になると、生徒会のメンバーは生徒会室に集まった。

〈大魔境《まきょう》〉攻略のための会議である。

日本と大和の決着は〈三種の神器争奪《そうだつ》レース〉で決まることになった。

お互いの国土の魔境の中から三種の神器を見つけ出し、見つけた三種の神器を手にした『王の一騎討ち』で勝負を決めるという取り決めである。

三種の神器は一つ一つが『日本神話の王の権限』の具体《ぐたい》であり、強力な力を有している。一樹と移香斎《いこうさい》の実力差なら、神器の数が勝負を決定づけることになるだろう、というのがアマテラスの予想だった。移香斎をライバル視している一樹も、同感である。

神器は魔境で生み出される。三種の神器ほどの強力な神器を生み出せる大規模な魔境は、東日本には〈東京大災害〉の昔から存在し、今なお拡大を続けている大魔境〈富士の樹《じゅ》海《かい》〉しかあり得ない。

だが騎士団はスパイ問題から完全に脱し切れておらず、作戦の司令官となった山形《やまがた》連隊長は『騎士学院の生徒たちだけで富士の樹海を攻略させる』という決断に出た。

総生徒会長である一樹はそれを引き受けて、実力ある生徒たちを選抜《せんばつ》してグループを編成することとなった。

今回はその話し合いの会議である。

「それじゃあまずは探索《たんさく》のチーム割りだけど……」

一樹はお馴染《なじ》みの面々を見回しながら切り出した。司会進行みたいな真似《まね》は慣れない。本当は輝夜《かぐや》先輩に仕切ってもらいたいのだが。

一樹は大魔境の攻略に志願《しがん》してきた生徒たちから、クエスト実績と成績を元にさらに絞り込んだ百人の名簿をみんなに配った。当然ながら二年生の名前が多い。

先輩たちが「あの人がいる」だとか「あの人がいない」だとかとしばし盛り上がった。

「この百人を、俺《おれ》、美桜《みお》、小雪《こゆき》、ロッテ、輝夜先輩、光《ひかる》先輩、一羽《かずは》先輩をリーダーにした七グループに分割しようと思う」

それは前の話し合いですでに決定していたことだ。

一樹《かずき》は絆《きずな》を結んだ仲間たちの居場所を王の力で感じ取ることが出来る。富士の樹海《じゆかい》ではあらゆる通信機の類《たぐい》が使えなくなるが、この力を使えば一樹は各グループの動向を大まかに把握《はあく》できる。

この点においても騎士団より一樹たちの方が大魔境探索《まきようたんさく》に向いていると言える。

その能力を最大限に活かすためには、各グループに一人好感度の高い仲間を割り振らなければならない。

「メンバーに含んでさえいればいいんだからリーダーにする必要はないよね。小雪《こゆき》ちゃんやロッテちゃんみたいな押しが強くない子のグループには、リーダーシップを取れる二年生を入れた方がいいと思う。カナちゃんみたいな」

輝夜《かぐや》先輩の意見は、確かにその通りだった。小雪やロッテは実力は二年生たちにもひけをとらないものの、自ら進んでリーダーシップをとるタイプではない。

「わ、私もリーダーとかはちょっと……」

一羽《かずは》先輩がおずおずと手を挙げた。

「一羽先輩はいまや騎士学院でトップクラスの実力者じゃないですか」

タケミカヅチと一つになったフツヌシノカミという強力な神魔《ディーヴァ》と契約し、剣術の実力も水準以上で、多彩な通常魔法も使いこなす。ただ強いというだけでなく、何でもこなせる万能っぷりは大魔境のような場でこそ周囲から尊敬を集めるはずだ。

「うー……。だって私、ずっと落ちこぼれあつかいされてたような奴《やつ》だしさ……」

一羽先輩はゴニョゴニョ言って俯《うつむ》いてしまう。隣に座っている輝夜先輩が一羽先輩を撫《な》で撫《な》でして慰めた。

「先輩はもっと自分に自信を持った方がいいと思うけど……確かにいきなりリーダーは性急かもしれませんね」

「私はリーダーやるっ！」

逆に美桜《みお》が自信満々に手を振り上げた。何だか危なっかしいな……。

二人のグループのメンバー編成には気を遣わないといけない、と一樹は内心で思った。

一羽先輩のグループには一羽先輩の謙虚さを嫌味にとらない温厚なリーダーを、美桜のグループには美桜を冷静にサポートしてくれるようなメンバーを。

「あと、そうだ。ロッテのグループには神邑《かみむら》さんを入れておきたい」

一樹が思い出したように言うと、部屋の隅にコケシのようにちんまり立っていた神邑さんがコクコクコク！と高速で頷《うなず》いた。ロッテが「いつきさん～」と抱きつくと、「ロッテ師匠～！」と神邑さんが抱き返す。

オタの世界の師弟の絆は固い。

「兄様のグループに少数精鋭《せいえい》のメンバーを揃《そろ》えるべきだろうな」

不意討ちのように鼎《かなえ》がきっぱりと言い、一樹は「え？」と当惑した。

美桜《みお》や小雪《こゆき》やロッテのグループにこそ経験豊富で優秀な人材を割り振らなければと、一樹《かずき》は内心で思っていた。だがそれに反して鼎《かなえ》だけでなく、

「それはそうだね」と輝夜《かぐや》先輩が頷《うなず》き、

「うんうん、当然だね」と光《ひかる》先輩までも頷く。

「待ってください、俺《おれ》を特別扱いする必要なんてないですよ」

「特別扱いじゃありません、兄様。兄様の役割を考えたら当然のことです。兄様はすべてのグループの動向を把握《はあく》し、何かあったらそこに急行しなければなりません。つまり機動性のある少数精鋭《せいえい》でなければならないじゃないですか」

寸分違《たが》わず同意見というふうに、輝夜先輩と光先輩も無言で頷く。

……それもそうか。

理に叶《かな》っている。自分がそう思いつかなかったことが不思議なくらいに。

「それじゃあこの名簿から少数精鋭を選ぶなら、魔技科《まぎか》からはまずはこの人……」

「剣技科からはこいつだな……」

輝夜先輩と鼎が身を寄せ合って生徒を選んでいく。

両学科から人材を選ぶならこの二人に任せておけば間違いない。

「「こんな感じでどうでしょうか」」

やがて輝夜先輩と鼎が、一樹のグループのメンバーをメモに書いて発表した。

林崎《はやしざき》一樹・龍瀧雅美《りゅうたきみやび》・龍瀧忍舞《しのぶ》・桂華玲《かつらかりん》・疋田琥珀《ひきたこはく》

——完全に顔見知りで構成されたメンバーだった。

メンバーが全員顔見知りなら、確かに機動力は高まる。

「魔技科の中で屈指の実力者の龍瀧姉妹に、華玲ちゃんと琥珀ちゃんという柔軟な戦い方が出来る二人。これこそ最小限の人数で最大のパフォーマンスができるメンバーだよ！」

輝夜先輩がグッと握り拳《こぶし》を作る。話だけ聞けば確かに完璧だ。

だがどう考えても、問題人物が一人いる。

「忍舞先輩も志願《しがん》してくれてたんですね。たぶん雅美先輩が志願したからついてきただけだろうけど。でもパーティーとして上手《うま》くまとまるかな……ぶっちゃけ無理なんじゃ」

「……厄介なお人を弟くんに押しつけた面もあります」

確かに忍舞先輩はどこのグループに入っても問題を起こすだろう。

だったら自分が忍舞先輩と距離を縮める良い機会と考えるべきかもしれない。

もしかしたら忍舞先輩はクエストに志願したからこそ、今朝《けさ》、一樹のことを気にして顔を出したのだろうか。

残りの枠は先輩たちが「この人強い」「この人とあの人はセットにした方がいい」だとか、当人のいないところで勝手に盛り上がりつつスムーズに決まっていった。

「とりあえずレベル1に生息している魔獣《まじゅう》は把握できているから、このメンバーなら問題ないね。みんなこれまでのクエストで実績がある人ばかりだし」

出来上がったメンバー表を俯瞰《ふかん》して、光《ひかる》先輩が満足げに言った。先遣隊を出したことで、今回探索《たんさく》する『レベル1』エリアに現れる魔獣《まじゆう》はすべて把握《はあく》できている。

光先輩の言葉に、生徒会室の空気がわずかに弛緩《しかん》した。

「……そう簡単にいくものかな。大和《やまと》からの横槍《よこやり》が入るかもしれないという心構えを持っておいた方がいいと思うぞ」

鼎《かなえ》が肘《ひじ》をついた姿勢で、ぶっきらぼうに一蹴《いっしゅう》した。

輝夜《かぐや》先輩も「むー」という顔をした。

「そうだよね。この前も実際に、イタリアの女王様が侵入してきたわけだし」

レジーナは人間の姿から変身することで門《ゲート》のセキュリティをくぐり抜けた。

「山形《やまがた》連隊長は警備をより厳重《げんじゅう》にするって言ってたよ」

楽観的な性格の光先輩は明るい材料を指摘する。

大魔境《まきょう》を囲む錬金鋼鉄《アダマンタイト》の壁。加えてより厳重さを増す警戒。

普通に考えれば侵入することなど到底《とうてい》不可能だ。

「でも神魔《ディーヴァ》の召喚《しょうかん》魔法には、人知の予想もつかないような手段が存在する……」

一樹《かずき》は腹の底から滲《にじ》み出る不安をそのまま口から吐き出した。

「……エレオノーラは全身を水分に変える魔法を使ってスパイをしていた。こういう何か予想外の方法で侵入してくる未知の敵を想定しておかないといけないと思う」

一樹の言葉に、弛緩しかけた会議室の空気は重みを増した。

大魔境では無線が使えず何かあっても助けを呼べない。こうした場で何か想定外のアクシデントが起こることを想像すると、身の毛がよだつほど恐ろしい。

魔境での敗北は死に直結しかねない。

もともと生息する強力な魔獣に加えて、大和・中国・他の魔法先進国のどこから横槍がはいってもおかしくないということの状況。

これまでの戦場とは比較にならないほどの危険地帯だ。

「こうなると尚更《なおさら》、兄様のグループが重要ということになりますね」

鼎がそう取りまとめた。

……そういうことになる。


夢乃《ゆめの》さんがやっていた議事録やデータの作成は、小雪《こゆき》が引き継いでくれた。

小雪の几帳面《きちようめん》で生真面目な仕事ぶりは、夢乃さんにけっして劣らない。

小雪は会議後も生徒会室に残ってその作業を続けた。一樹はそれを手伝った。

生徒会室が窓からの夕日で茜色《あかねいろ》に染まる頃合いにすべての作業は終わった。

他のみんなは魔女の館で家事をしてくれている頃だろう。

一樹が小雪の手伝いをしたのは、これから小雪に魔法の特訓に付き合ってもらう約束があったためだ。

三つの弱点のうちの一つ――詠唱《えいしょう》速度を鍛《きた》える特訓をこれからする予定である。

睡眠は精神的な回復を促《うなが》す。今朝《けさ》の魔力酔いから多少の魔力は取り戻せていた。

「それじゃあ帰ろうか」

小雪《こゆき》が生徒に配布するプリントを印刷し終えたのを見計らって、一樹《かずき》は声をかけた。

小雪は「はい」と一樹の傍《そば》に寄り添い、生徒会室の電気を消した。

部屋が暗くなると、小雪はぎゅっと一樹の腕にしがみついた。

「すみません、手間取ってしまって」

「こちらこそ特訓をお願いしてごめん」

「一樹が私から教わりたいって言うから」

小雪は嬉《うれ》しそうに言って一樹の腕を引いた。

魔法の使い方の『コツ』を言葉で説明して共有するのは難しい。一樹の身の回りでそれをもっともわかりやすくできるのが小雪だった。

「出来るだけ魔力の消費を抑えるように効率良く特訓しないとダメですよ。明後日《あさって》には大魔境《まきょう》に挑むんですから」

「そんなこと出来るのか？」

すでに消灯されて薄暗い廊下を並んで歩きながら、小雪は頷《うなず》いた。

……割れた窓ガラスは交換されたが、廊下にはロッテと夢乃《ゆめの》さんの戦いの傷跡《きずあと》が床や壁にまだ生々しく残っている。

「召喚《しょうかん》魔法の詠唱は『歪界接続《アクセス》』『現象要請《オーダー》』『座標指定《ターゲッティング》』『発動《キャスト》』の四つのプロセスに分かれます。これらを通しで特訓するのではなく、苦手なところに絞って特訓すればいいんです」

「なるほど、実際に呪文を詠唱する必要はないってことだな」

「私が見たところ、一樹は座標指定は得意です。これまで仲間に防御魔法をかける機会が多かったためでしょう。逆に苦手としているのが現象要請……契約神魔《ディーヴァ》と情報をやりとりする工程です。一樹が苦手というより一樹の召喚魔法が特殊だからかもしれません」

一樹の召喚魔法はレメを通じてウェパールやフェニックスとやりとりする。

フィルターを余計に一枚通す分、難易度が高いのかもしれない。

「現象要請は、要するに神魔との精神感応《テレパシー》ですから、精神感応の練習をするだけで一樹の詠唱速度は伸びるはずです」

「小雪が言うなら間違いないな」

二人は靴に履《は》き替《か》えて、校舎から外に出た。

「では、さっそくやってみましょう」

夜の並木道に出たところで小雪は出し抜けに言った。

「え？　ここでやるのか？　確かに精神感応ならどこでもできるけど……」

小雪は返事代わりに腕を引っ張った。並木道の端《はし》に寄って、灯《あか》りの届かない木陰に一樹を連れ込む。まるで人目を避《さ》けようとしているかのようだ。

生徒たちはみんなすでに学生寮に帰宅している時間帯だ。

一樹《かずき》は腕を解《ほど》かれて、小雪《こゆき》と向かい合った。

「今から私が『心の壁』越しに強く思念波を送り込みます。それを感じ取って、私に思念波で返事をしてください」

心の壁とは自我の境界線にあるセキュリティだ。人の精神は歪界《アストルム》を通じてすべての人類と繋《つな》がっているが、他人の精神が流れ込んで来ないように防疫機構《ぼうえききこう》が備わっている。

この心の壁を破って他人の精神に様々な影響を及ぼすのが、雅美《みやび》先輩が得意とするような精神攻撃魔法である。

小雪が一樹に思いっきり思念波を叩《たた》きつけ、一樹が全力でそれを感じ取ろうとすれば、思念波の中身を読み取って『念話』をすることができるだろう。それは精神感応魔法の良い鍛錬《たんれん》となるはずだ。

小雪が青白い光に身を包んで、魔導礼装《デコルテオブリージュ》に姿を変えた。

「魔法を使うときはこの格好《かっこう》の方が落ち着くので」

一樹が疑問を発するよりも先に小雪はそう言った。薄闇《うすやみ》の中でも小雪の魔導礼装はぼんやりと乳白色の光を放ち、小雪の白い肌の美しさを際立たせている。

一樹が思わず見惚《みほ》れると、小雪は恥ずかしそうに太ももをもじつかせた。

「それでは、行きますよ」

小雪から一樹に、青い魔力光の糸が伸びた。雅美先輩の精神攻撃魔法が触手《しょくしゅ》なら、それはまさしく糸と呼ぶべき繊細《せんさい》さだ。

――糸が一樹の心の壁に触れた。一樹は全力でそれを感じ取った。

『……ラーメン、食べたい』

意表を突いたメッセージに一樹は面食らった。

全力で返事した。

『ラーメンが食べたいのか、小雪』

『背脂《せあぶら》こってり濃厚魚介《のうこうぎょかい》系とんこつラーメンがいいです』

小雪は無表情のまま、意外性の塊《かたまり》のようなメッセージを伝えてくる。

『そうか……意外とアグレッシブな趣味だな』

『今度作ってください』

『流石《さすが》にとんこつは扱ったことないな……』

特訓だからどんな会話でも構わないのだが、まさかとんこつ談義《だんぎ》が始まるとは。

『これぐらいなら聞き取れているようですね……それではギアを上げていきますよ』

『!?』

小雪から伸びてくる思念の糸が、その本数を一気に数倍に増やした。

これを、すべて知覚しろというのか!?

その一本一本が――凄《すさ》まじい密度をもったとんこつトークだった。

『とんこつラーメンの美味《おい》しさの秘密は、旨《うま》み成分の黄金の組み合わせにあります。とんこつは豊富なイノシン酸を有していますが、これに醤油《しょうゆ》ダレが持つグルタミン酸が加わると足し算ではなくかけ算の相乗効果が発生し、膨らみのある味わいが生まれるのです。濃《のう》厚《こう》なコクと野趣《やしゅ》溢《あふ》れる香りに、科学的に証明された奥深さ……野生と知性を併せ持ったコンプリート・ラーメン、それがとんこつなのです』

『とんこつラーメンと言えば九州ですが、私たちが関東で食べているとんこつラーメンは本場とは異なる傾向《けいこう》が見られます。私たちはとんこつラーメンというとこってりと脂っこいものを連想《れんそう》しがちですが、それは関東でよく見られる傾向で、本場のとんこつラーメンはあっさりとしていることも少なくありません』

心の壁を通じて届いてくる思念波は繊細《せんさい》で、ちょっと気を抜くと頭の中を通り過ぎて消えてしまう。一樹《かずき》はパニックに陥らないよう意識を集中させてリスニングを続けた。

『また本場のとんこつラーメンはスープを純粋にとんこつメインでとるのに対し、関東ではとんこつだけでなく魚介《ぎょかい》や鶏《とり》ガラなど様々な出汁《だし》をミックスしさらに背脂《せあぶら》の甘みを加えます。私たちはとんこつと言えば脂と思いがちですが、当たり前ですがとんこつそのものは骨ですから脂っこい食材ではないのです』

『本場のとんこつは純粋に研《と》ぎ澄《す》ませた日本刀のように鋭い味、関東のとんこつミックスはオーケストラのような重層的な広がりを持った味だと言うことが出来ます』

そこで小雪《こゆき》が一息ついたので、一樹は返事をした。

『小雪がそこまでとんこつフリークとは知らなかった……それでしかも、背脂こってり系の方が好きなのか』

『はい……たまに無性に食べたくなります。……おかしいでしょうか？』

一樹は思わず考え込んだ。正直に言えば小雪ととんこつラーメンはあまりイメージが合わない。だがそれで小雪にマイナスの感情を抱くかというと、そんなことはない。

とんこつは臭《にお》いが強い食べ物だが、小雪なら通常魔法で嫌な臭いが自分につくのを容易《たやす》く消し去ってしまうだろう。

これまで一樹は小雪と外でのデートをしたことがないが、小雪のオススメの店で二人でラーメンをすするのも新鮮で楽しい想像だった。

『おかしくないよ。今まで全然知らなかった一面を知れて面白い』

小雪は俯《うつむ》いて、しばし黙った。

『ずっと誰《だれ》かに話したかった……。普段は恥ずかしくて言えないようなことでも……思念波のやりとりだと素直に伝えられる気がします』

小雪は一樹はもちろん美桜《みお》よりも詠唱《えいしょう》速度が速い。それは他人にずっと心を閉ざしてきた彼女が、内心で密《ひそ》かに抑圧してきた『誰かとわかり合いたい』という気持ちを、精神感応の力の原動力としている面があるのかもしれない。

小雪はこの特訓にかこつけて、一樹に思いをたくさん伝えたいのだろう。

小雪は口を開いて、今度は声に出して言った。

「一樹、もっともっと私の気持ちを感じ取って、返事をしてください」

一樹《かずき》が頷《うなず》くと、小雪《こゆき》は嬉《うれ》しそうにはにかんだ。

『好きです。一樹、大好きです』

白い頬《ほお》を赤くとろけさせて、小雪が思念波を伝えてくる。

一樹も恥ずかしくなったが、特訓だから仕方がない。

『俺《おれ》も大好きだよ』

そう応えて、ぎゅっと抱きしめた。

『……私が今してほしいと思ってること、感じ取って応えてください』

小雪は一樹をじっと見つめてそう伝えた。

それっきり頬を染めながら、ひたすらじっと見つめてくる。

メッセージ化されていない漠然《ばくぜん》とした想《おも》いを心の壁越しに感じ取るには、ロッテレベルの感応力《かんのう》が必要だ。

だがそんな力はなくとも、今の小雪の求めることはわかる。

一樹は酔ったように見つめてくる小雪の顔に顔を寄せて、唇を触れ合わせた。

とたんに、小雪の方から一樹に強く吸いついてくる。

『……一樹からも吸ってください。私のこと、もっと求めてください』

キスで口がふさがっていても、思念波は届け合うことができる。

小雪はキスをしながら同時にねだった。

『小雪はこういうキスが好きなんだな』

小雪はキスのときにやたらと吸いついてくる癖がある。

それは『求め合いたい』という気持ちの現れのようだ。

一樹の方からも小雪の小さくて柔らかい唇を思いっきり吸った。

二人して吸いあい、唇の隙間《すきま》から「ぷぅ」とウサギの鳴き声のような音が漏《も》れる。

『……キスしながら、耳を触って欲しいです』

キスに気を取られて思念波を感じ取り損ねそうになったが、その少しおかしな要求を一樹はかろうじて聞き届けた。キスに夢中になりすぎると特訓の難易度が上昇する。

『耳に触られるとエッチな感触がするんじゃなかったのか？』

エルフの長い耳は敏感《びんかん》で、前に一樹が触ったとき、小雪はそれはエッチな行為だと一樹を諌《いさ》めたことがあった。それを今度は、小雪の方からねだってきたのだ。

『……エッチなこと、されたいんです』

直球な返事だった。一樹は思わずたじろぐ。背中に回していた右手を小雪の長い耳まで持ち上げて、羽根《はね》のように優しい手つきで耳の付け根から先端まで撫《な》で上げる。

小雪がびくりと背筋を震わせた。

『小雪はエッチな子なんだな』

『……はい。もっとそういうことされて、一樹から求められてるって感じたいです……心も体も求めて欲しい……』

そうしている間も唇は強く吸い合い続けている。時折《ときおり》、唇の端《はし》から熱い吐息《といき》が漏れた。

キスしながらでは表情が見えないけれど、さぞかし真っ赤《まか》になっているのだろう。

『左手でも、もっといろいろなところを触ってください』

耳だけでは物足りないと、一樹《かずき》にしがみつきながら彼女はねだった。

一樹はもう片方の左手も離して――小さな胸に手の平《ひら》をかぶせた。

小さいが、手の平にぷにっとした柔らかさの塊《かたまり》を感じる。

しばらくその感触を楽しんでいると、手の平の中央で異なる感触を見つけ出した。それを手の平の中央で転がすように擦る。その部分は、薄い乳白色のフィルムのような魔導礼《デコルテオブ》装《リージュ》の表面をぽつりと押し上げて薄桃色に存在感を示していた。

そこを刺激されると、小雪《こゆき》の息がどんどん荒くなっていった。

『もしかして俺《おれ》が触りやすいように、魔導礼装《デコルテオブリージュ》になったの？』

『……はい。制服よりも、直接感じたかったから……』

『さっきは真面目ぶった理由を言ってたのに、嘘《うそ》つき』

一樹は嗜虐《しぎやく》心にかられて小雪を言葉で虐《いじ》めた。

『意地悪言わないでください』と、小雪が唇にいっそう強く吸い付く。求め合う気持ちが強すぎるから仕方ないのだと言い訳するように。

『私の魔導礼装、どうですか？』

小雪が不安そうな波長の心理を伝えてきた。小雪は未《いま》だに自分に自信を持てていないのだろう。だから一樹に求められていることを実感して不安を埋めたいのだ。

『他のみんなの魔導礼装《デコルテオブリージュ》よりも露出は少ないけど、薄くて半透明でぴったりとした礼装はかえって裸そのものっぽいというか……メチャクチャエロいと思う。そばにいる度に、いつも意識してた」

左手の平《ひら》で胸の先端を転がし続けながら、素直な気持ちを伝える。

『……それじゃあ遠慮《えんりょ》なくもっといろんなところ触るよ』

左手はそのままに、右手を耳から離して背中や脇腹《わきばら》へと、好奇心の趣《おもむ》くままに這《は》わせていく。小雪《こゆき》の身体が歓喜《かんき》で震える敏感《びんかん》なところを探し出す。

『小雪の身体、華奢《きゃしゃ》ですごく細いのにさわり心地がプニプニしてる。骨や筋肉が細いのかな、何だか赤ちゃんの肌みたいで触っててすごく気持ちいい』

『……私も気持ちいい。すごく気持ちいいです……！　もっと……もっと触って……♪』

小雪の小さな身体がどんどん熱を貯《た》め込んでいく。女の子の身体はこんなふうにとろけるのだと、一樹《かずき》は胸が昂《たか》ぶった。

小雪は一樹の唇を吸い続ける。けっして離そうとしない。

キスをし続けながら、心で愛を語り合い、身体を触れ合わせる感覚は甘美《かんび》だった。

小雪の細い太ももが、もじもじと擦り合わせるように揺れた。

その物足りなそうな太ももに、一樹は手の平を這わせる。

『……そこ、触ってください。私のもっと奥まで触ってください……』

小雪が太ももを揺らして誘ってくる。

　しかし一樹は太ももの付け根までで、手の平を止めた。

『これ以上はだめだよ、俺《おれ》の我慢が利かなくなる』

　小雪は隙間《すきま》を許さないというふうに一樹に密着している。だから一樹の身体に起こっている変化にも気付いていているだろう。我慢できないという言葉を聞いて、小雪は抱きつきながらそこに身体を擦りつけた。

　もどかしいような甘い感触に、今度は一樹が弄《もてあそ》ばれる。

　小雪は一樹の左膝《ひざ》を両太ももで挟《はさ》み込み、腰を前後に揺らして下半身を刺激し出した。

　一樹は小雪の下半身に絡《から》みつかれた左膝を、ぐいっと突き上げた。

「……っ！♡」

　キスの隙間から漏《も》れる小雪の吐息《といき》が、切羽《せっぱ》詰まったものに変わる。一樹の膝に腰をよりいっそう一生懸命にすりつけてくる。

『小雪の太股《ふともも》、汗でびしゃびしゃになってる』

『……それ、汗だけじゃないです』

『じゃあ、なに？』

　一樹は首をかしげた。

『そ、それは……』

　一樹の膝の上で腰を揺らしながら小雪は羞恥《しゅうち》に身震いをした。一樹の膝に股布《またぬの》の部分を擦りつける動きが、むしゃぶりつくように激しくなる。湿った音がくちゅくちゅと漏れた。

『私、一樹《かずき》の前で醜態を晒すのが、好きみたいです』

小雪《こゆき》はいきなり告白をした。

とんこつについて語り出したのにしても、この状況を作り出したにしても、小雪は『恥ずかしい姿』を自ら積極的に見せたがっている。

『私がどんなにどうしようもない人間でも、一樹が受け入れてくれていることが、それを確かめられるような行為が、気持ちいいんです』

『薄々思ってたけど、小雪ってかなりMっぽいんだな』

『……はい。私、変態かもしれないです。私のこと、嫌いになりましたか？』

『俺《おれ》の前でならいくらでも変態になっていいよ』

一樹はずりずりと動き続ける小雪の下半身に、左膝《ひざ》の力をさらに強めた。

「……っ！♡」

輝夜《かぐや》先輩や光《ひかる》先輩も大胆に一樹を求めてくることがあるが、その気持ちの在《あ》り方は一人一人違う。小雪のこの気持ちの在り方も、一樹はかわいらしくいとおしいと感じた。

『一樹っ、これから私の気持ち全部伝えるから……全部受け止めてください！』

『いいよ、おいで』

小雪から何十本もの青い光の線、思念波が一樹に伸びた。そこから伝わってくるものを、ほんのわずかも欠けることなくすべて受け止めるべく一樹は身構える。

津波のごとく怒濤《どとう》の勢いで、それは流れ込んできた。

『好き！　好き好き好き好き好き！　好き好き好き好き好き好き好きっ！　好き好き好き好き好き好き好き好き好き、好きっ!!』

これまでずっと孤独に過ごしてきて、ついに一樹に心を開くようになった小雪の想《おも》いは、ひたむきに強い。

出会った当初は「あなたなんてどうでもいいです」とばかり言っていたのに……。

『俺も大好きだよ』

小雪の全身に電撃が走った。これまで小さな身体に貯《た》め込んでいた熱が一気に発散され、コントロール不能の波が全身にひた走る。力なく投げ出された四肢《しし》がビクビクと痙攣《けいれん》した。

一樹は彼女を思いきり抱き締め、抑えつけた。

小雪はぐったりと脱力して、ようやく「ちゅぽ」っと音を鳴らして唇を離した。

唇の端《はし》からつーと唾液が垂《た》れる。

彼女が感じていた昂《たか》ぶりが絶頂を極めた。それは一樹の胸も満たされることだった。小雪は顔を完全に真っ赤《まっか》にして、瞳に涙をたっぷりとため込み、荒い呼吸を繰り返している。

想像以上にとろけきった顔で、少し酸欠状態の様子だった。

「……はぁ、はぁ、一樹……好き……大好き……」

言葉でも、小雪はなおも繰り返す。小雪の膝はなおも震え続けている。

一樹は愛《いと》しい女の子を抱き上げて、お姫様だっこした。

小雪はうっとりとされるがままになる。

「……小雪《こゆき》……でもさ」

しかし――一樹《かずき》は言わずにいられないことを言った。

「特訓にかこつけて、なにやってるんだ」

とろけた小雪の顔に、少しずつ理性の色が取り戻される。

「こほん。これで一樹の詠唱《えいしよう》速度は飛躍的にアップしたはずです」

キリっとした顔つきで小雪が言った。

「そんなバカな……」

「バカなことじゃないです。だって私たち、あんなに感応《かんのう》しあえたじゃないですか」

そういうものだと言われればそうかもしれない。

これも強くなるための近道か。夜空を見上げながら一樹はそう結論づけた。

空にはすっかり月が昇っていた。今頃みんなが晩ご飯を用意し終えてくれている頃だろう。妙な罪悪感が湧く。いや、特訓ではあったのだが……。

「魔女の館に帰ろうか。小雪も、制服に戻らないと」

「……今すぐに制服に戻ったら、服が濡《ぬ》れちゃいます……」

小雪は全身が湿っていた。小雪は全身に青い光――念焼魔法《パイロキネシス》と念動魔法《サイコキネシス》を生じさせて、うっすらと帯びた水気を乾かし、払い飛ばした。それで二人がしていた行為の痕跡《こんせき》はすっかり隠蔽《いんぺい》された。それから小雪は制服姿に戻る。

「立てる？」

「このままが良いです」

しょうがないな。一樹は小雪をだっこしたまま、月明かりの道をたどっていった。

†

西日本――大和《やまと》の臨時政府は、もともとあった〈大阪府庁舎《おおさかふちょうしゃ》〉を政治運営の拠点として転用している。かつては老朽化《ろうきゅうか》が著しかったこの府庁舎は、魔法の時代に錬金《れんきん》建築によって大々的な増改築がされた。

周囲に分散されていた分庁舎がすべて一体化され、ガラス張りの巨大なピラミッドとなった新府庁舎の威容《いよう》は、すぐ隣の大阪城と比較しても見劣りしない。

かつては道州制の州都となると予期されていた大阪府庁舎だが――数奇《すうき》な運命をたどって今や一国の首都となった。

そんな超近代的ピラミッドに、まったく不釣り合いな着物の女が姿を現した。

大和の幹部、愛洲移香斎《あいすいこうさい》。

普段はデスクワークを嫌って自分の道場で配下の剣士たちに指導ばかり行っている彼女だが、この日は朝一番から呼び出しを受けていた。

彼女を一方的に呼び出すことができる立場の人間など、大和には一人しかいない。

移香斎は鏡張りのエレベーターに乗って府庁舎の最上階に向かった。

この最上階には、働くでもない魑魅魍魎《ちみもうりよう》どもが住み着いている。

移香斎《いこうさい》はエレベーターに出てすぐに面した重々しい木製の扉を押し開いた。

中は洗練されたエグゼクティブルームである。

壁の一面が窓となって最上階からの景色《けしき》を眺望し、神々しいまでの光が室内に差し込んでいる。室内には『モノを見る目に長《た》けた』この部屋の住人が西日本で買い揃《そろ》えた東西の文化を問わぬ芸術家具が不思議な調和を保って輝きを放っていた。

ゆったりとしたソファに、タキシードを着た男が身を沈めていた。

その男は軽薄な笑みを浮かべて「よう」と移香斎に片手を上げる。

凍《い》てつくような青白い髪と、そこから伸びた禍々《まがまが》しい二本の角が、彼が人外の存在であることを示している。

ロキだった。

移香斎はもしも香耶《かや》からの呼び出しだったら無視していただろう。だがロキからの呼び出しだったために、気にかかった。移香斎は香耶とロキを同一の存在と見なしていない。会わなければいけないと、不気味な強迫感《きようはく》にかられた。

移香斎にとって——いや、大和《やまと》の人間すべてにとってロキは謎の存在である。香耶という破滅《はめつ》願望に囚《とら》われた少女については誰《だれ》もが知っている。だがロキがどんな考えと目的を持って大和に協力しているかは誰も知らない。

大和政府はロキのことを何もわからないまま、その力を都合良く借りていた。

それが危ういことだとは誰もがわかっていた。

しかし誰もが心のどこかで『完全に覚醒《かくせい》した神魔《ディーヴァ》』の存在など信じていなかった。

香耶とロキという二人組を、香耶という表看板だけをみて過小評価していた。

普通の違法魔法使いとさして変わらない存在だろう、と楽観視していた。

それが間違いだったことを——移香斎は今、ロキと面と向かって理解した。

角が生えているなどという表面上の問題ではない。移香斎のような人並み外れた知覚力の持ち主なればこそ理解できる。

感じられる魔力の波長が——普通の人間とまるで違う。

移香斎は『人間ではない知性体』と面と向き合う不気味さに背筋をそそけ立たせた。

爬虫類《はちゅうるい》の目を凝視したときの悪寒《おかん》に似ていた。

大和は悪魔に魂を売っているのかもしれない……。

「まぁ、座れよ」と、ロキが気安く促《うなが》す。

大理石のローテーブルを挟《はさ》んだ対面のソファに移香斎も腰を沈めた。

部屋の奥の扉が開いた。そこから黒いマントを羽織った女が二組のティーカップを運んできた。移香斎は思わず身構えた。その女は伊勢神宮《いせじんぐう》で移香斎と戦った違法魔法使いの一人だ。確か——北欧神話の死の女神《めがみ》〈ヘル〉をその身に憑依《ひょうい》させた女。

だが女は気づいていないかのように無感情な動きで、骨董品《こっとうひん》のフローラダニカのティーカップを移香斎の手前に置く。厳選された茶葉の香りが芳しい。

「心配しなくても、そいつはもうあのときのことなんて覚えてねーよ」

黒衣の女はロキにもお茶を差し出すと、ぺこりと頭を下げて退室していった。

移香斎《いこうさい》は改めて『人間性の喪失《そうしつ》』というものをまざまざと目の当たりにした。

「……今までは違法魔法使いに対して『バカなやつ』としか思わなかったが、強さを求めた結果ああなるというのは、むごいものを感じるな」

賛同を求めるつもりでもなく、移香斎はぽつりと口に出した。

移香斎は伊勢神宮《いせじんぐう》で、香耶《かや》への憎しみのあまり発作的に自分自身もスサノオにすべてを明け渡そうとしたことがある。それを止めたのは、林崎一樹《はやしざきかずき》だった。

そのとき移香斎の中で価値観が揺らいだ。

「自我を神魔《ディーヴァ》に明け渡して得られる強さなど、間違っている」

移香斎は奥の扉を見つめたまま、言葉を漏《も》らした。

「強さに貴賤《きせん》なんてねーよ。勝ったやつがすべてを得て、負けたやつは死ぬだけだ。あいつはああなることで敗北の運命から脱した。それを間違っているとは俺《おれ》が言わせねえ」

思《おも》いの外《ほか》に強い否定の言葉に、移香斎は戸惑った。

予期せずしてロキの『こだわり』に触れてしまった感触があった。

「オーディンどもは『名誉ある死』『尊厳《そんげん》ある敗者』なんてほざくが、名誉や尊厳なんざ死んじまった当人には言い訳にもならねえ。ラグナロクの黄昏《たそが》れの前にはクソくらえだ」

移香斎はロキを見つめて、目をしばたたかせる。

興味深いが、理解が追いつかない。神話学に興味のない移香斎は『オーディンって誰《だれ》だっけ……』と思ってしまい、ロキの内面にさらに踏み込む機会を失った。

ロキはすぐに失言を悟ったような顔をして、

「まぁ、それはともかく」と話題を切り替えた。

「てめえ、どうするつもりなんだ？　このままだと大和《やまと》は日本に勝てねーぞ」

「……なんだと貴様」

移香斎は眼光に力をこめたがロキは意にも介さなかった。

「てめえらが考えていた勝算の半分ぐらいを担っていたのが夢乃詩織《ゆめのしおり》っていう切り札だっただろ。相手陣営の中枢《ちゅうすう》に潜り込んだ自覚なきスパイ、林崎一樹の精神的な甘さをついて殺しうるパーソナリティーの持ち主、あいつだけが使いこなせる呪いの神器……まさしく『ジョーカー』だった。それが功を焦って林崎をしとめることもできずに捕まり、ほかのスパイも一網打尽《いちもうだじん》にされる流れになっちまった。とんでもねえ誤算だったろうが」

移香斎は思わず表情をひくつかせた。

「ぼくはあの作戦にはかかわってなかったが……老人たちは、カオリを追い込みすぎだったな。だがぼくはもともとスパイなぞに甘えるつもりはなかった。これで五分と五分、最後にぼくが勝てばいいだけの話だ」

「それは無理だろ」

「……何だと？　ぼくは石上神宮では勝ったぞ」

「あれは林崎一樹《はやしざきかずき》が『先のことを考えすぎた』せいだよ。本当はわかってんだろ？　あいつはソロモンの王としての特別な力に目覚めつつある。あいつが俺《おれ》と戦ったときにフル活用してた力だ。たぶん魔力の消耗《しょうもう》が相当激しいんだろうな。……もしもあいつが後先考えずにあの力を使って戦ってたら、てめえはひっくり返っても勝てなかった」

「やつが判断ミスをしたというだけの話だ！　それも実力のうちだ！」

「まぁそれもそうだけどな。……あいつは自分の強みを見失っている」

「あいつの強みだと……？」

ロキは『林崎一樹のことなら俺が一番くわしい』と言わんばかりの顔で講釈した。

「あいつの強いところは『自分を計算に入れない』ところだよ。他人をいつでも優先しながら、いつでも捨て身の行為に出れる。ここぞっていう戦いの場面だけじゃなく、普段の日常でまでそうして自分を鍛《きた》えている。覚悟ってやつを滅多《めった》に緩めない。こんなおっかねえ人間いねえぞ。俺に言わせれば他の王どもよりよっぽどおっかねえ」

「……ぼくはそんな特異な人間には感じなかったがな」

「伊勢神宮《いせじんぐう》のときにはすでに病気になりかけていた。初めて俺に傷を負わせたときの凄《すご》みはすでに薄れかけていた」

「病気だと？」

「自分が死んだらどうしようって、あいつは初めて思うようになったんだろうさ。あいつの人生の中で、こんなに大事に思えるものをたくさん背負ったのは初めてだろうからな。

だが及び腰で剣を振っても相手は怖かねえだろ?」

「そんなのは基本中の基本の心構えだ」

「だが極意だ。あいつも他の王とかかわっていりゃ、殺される前に自分が失いかけていたものにすぐに気づくさ。そうなったらてめえはもうあいつに勝てねえ」

「……」

「恥じる必要はねえ。あいつはソロモンの王で、おまえは今んところパンピーだからな。王ならざるスサノオの力は『簒奪《さんだつ》』。他の王を倒してその力を奪い取らない限り、特別な神魔《ディーヴァ》にはなり得ない」

「……」

人とは異なるステージに立つ存在のロキが下した言葉は、移香斎《いこうさい》には到底《とうてい》受け入れられないものだった。ただ強さだけを追い求めて生きてきて、その末に『恥じる必要はない』など、もっとも聞きたくない屈辱的な言葉だった。

移香斎は百万の怒りの言葉を呑《の》み込みながら――強さのためにスサノオに自らを明け渡そうとしたあの瞬間の激情を思い起こしていた。

「五分と五分の勝負じゃ勝てねえ。だが三種の神器のうちの二つをてめえが手中に収めれば勝負はわかんねえな」

「……さっきからぼくがよっぽど不利だという言い方をしてくれているが、けっきょく勝負は神器次第と言いたいのか?　ふん、運次第ということじゃないか、くだらん」

「いや、そういうわけじゃねえ。……予《あらかじ》め言っておけば良かったんだがな。実は三種の神器は三つ全部が富士の樹海《じゅかい》にある」

「……？」移香斎《いこうさい》は何言ってるんだこいつ、と戸惑った。

「このままだと林崎一樹《はやしざきかずき》が三種の神器を全部そろえて、てめえは手ぶらでそれに挑むことになる。スパイが残ってれば向こうが神器をそろえても盗み取れる可能性があったが、夢《ゆめ》乃詩織《のしおり》が捕まったせいでスパイどもは風前の灯火《ともしび》だ。夢乃詩織が捕まった時点で『こりゃ詰みだわ』って思ったから、こうして俺《おれ》がわざわざてめえを呼び出して話をしてるんだよ。おい、どうするつもりだって」

移香斎はしばらく目を点にしてからロキの言葉を三十秒ほどかけて咀嚼《そしゃく》し「な、なんだと！」とソファから立ち上がりロキに「おせーよ」と言われた。

「ふ、ふふ富士の樹海に三種の神器が三つともあるだと⁉　なぜ言わなかった⁉　いや、なぜそんなことを知ってる‼」

「富士の樹海には十年前に何度もお邪魔したからな」

「十年前……？」

答えになっていない。移香斎はさらなる説明を求めてにらみつけた。

「俺は香耶《かや》に宿る前に、別の人間の肉体を乗っ取っていた頃があった。人間たちが魔法に目覚め始めた直後の草創期、いわゆる〈東京大災害〉の時代だな。あの頃この国で最初に出来た魔境《まきょう》、富士の樹海を舞台に、最初の騎士団を相手にちょいと遊んでやったのよ。そう、そのときすでにあそこに神器があった」

　移香斎はまたもしばらく目が点になった。

「おまえ、さらりととんでもないことを言っていないか？　人間を乗っ取って実体化したのはコレで二回目ということか？」

「実体化が二回目ってのはちょいと違うな。あの頃は俺もまだ手慣れてなかったから、今ほど自分の意識を表に出すことは出来ていなかった」

「十年前にこの国の人間と戦っただと？　しかし、そんな記録が残っているのか……？」

「残ってねえだろうな。俺以外にも神魔《ディーヴァ》や魔獣《まじゅう》が暴れ回って大混乱に陥っていた時期だ。神魔たちも人間の乗っ取り方がまだ下手《へた》くそで、宿主の暴走を抑えることが出来ず、無駄に暴れ回っていた時期だ。人間からすれば暴走する憑依《ひょうい》魔法使いの中身に何の神魔が宿っていたかなんて区別はつかなかっただろう。ともかく暴れ回る中に俺もいたんだ。てめえは物心もつかない頃だろうが、東京大災害ってのはそんな時代だ」

　人間側からすれば右も左もわからない時期だが、ロキの視点からでは当然違う。

　今、自分は凄《すさ》まじく貴重な『証言《しょうげん》』を聞いていると移香斎はおののいた。

「当時の戦いときたら今と比べると話にならねえお粗末なシロモノだった。人間も魔法の使い方をまだよくわかってなかったし、俺たちもろくに力を発揮できなかったからな。だが……一人だけ突然変異みてえに強《つえ》え女がいた。そいつが暴れる神魔を次から次へと封印していき、最後に俺と俺の宿主と戦った。富士の樹海でだ。その女は死んだが、宿主をやられて俺《おれ》も封印された。そいつがそのとき使ってたのが、富士の樹海《じゆかい》で発見された……〈天叢雲剣《アメノムラクモ》〉だ。たぶんそいつはそれが何なのかわからず使っていたけどな」

イギリスの王——アーサー・ヴァシレウスは三種の神器は王としてふさわしい人間に呼《こ》応《おう》して発生するだろうと言っていた。

移香斎《いこうさい》はカッと瞠目《どうもく》した。それは物事の前提がひっくり返る事実だった。

「王になるべき人間は、十年前にすでにいたというのか！」

「あのアマテラスってやつの罪は重《おめ》えぞ。当時のあいつたぶんマジで気付いてなかったからな。いや、今も気付いてねえかもしれねえ。そらスサノオもブチギレるわ」

いっこうに日本神話の王を決めようとしないアマテラスに怒りを覚えて反旗を翻《ひるがえ》したスサノオの言い分を思い返して、移香斎は目眩《めまい》を覚えた。ひどい裏幕だ。

……だがその女は、死んだ！

「その女は何者だ？」

「しらねーよ。精神体の俺も宿主の混乱に付き合わされて意識が混濁《こんだく》してたんだ。俺も後になって気になって香耶《かや》といっしょに日本政府や騎士団の記録をいろいろ漁《あさ》ったが、そいつについての情報は何も残ってなかった」

「この国の救い主だろう！　その記録が、どうしてどこにもない！」

移香斎は理不尽に怒りを感じた——救国の英雄が誰《だれ》からも忘れ去られている理不尽。

「そりゃ最後の最後に俺に殺されたからだ。誰もあの女が英雄だなんて知らなかったし、あの女自身も自覚してなかった。実際には大半の魔獣《まじゅう》と神魔《ディーヴァ》をあの女が一人で倒してたんだが、たぶんあの女は他のやつらも同じぐらい倒してると思いこんでただろうな」

「……他の仲間たちは彼女のことを知らなかったのか」

「最初の騎士団とは言っても組織立った連中じゃなかった。魔法の力に目覚めた人間の何人かが、がむしゃらに神魔や魔獣に抗《あらが》って、すべてが終わった後に集まって『俺たちは騎士団だったんだ』と仲間の存在を認めあっただけだ。だがそのときすでにその女はいなかった。いい気なもんだよなぁ。だから厳密に言えばその女は最初の騎士団に含まれていない。〈ゼロの騎士〉だな」

「……忘れ去られた英雄……ゼロの騎士……」

「強《つえ》え女だったよ。はっきり覚えていねえが、そのときも思ったな、捨て身ってのはおっかねえって……」

「負けて死んだ人間に名誉はないんじゃなかったのか？」

ロキはハッとした表情をしてから、移香斎をにらんだ。

そしてバツが悪そうに、また話を切り替えた。

「それから騎士団の力が増して神魔が人間を乗っ取るのが難しくなった。俺たちはもっと完璧に人間の肉体を乗っ取らなきゃならねえと水面下で努力するようになった。そしてようやく日本で完璧な実体化にこぎ着けたのが俺やナイアーラトテップだったわけだが、他の連中はまだまだごらんの有様だ。秩序《ちつじょ》側は順調に人間社会に影響を及ぼしているのに混《こん》沌《とん》側のだらしなさったらねえ。……っと、昔話はこんなところだ。ともあれこのままじゃおまえは勝てねえって了見しとけ」

「……三種の神器はすべて向こうの陣地にある、だがこちらはそれを内部から奪うためのスパイを失った。そういうことだな」

移香斎《いこうさい》は素直に受け入れた。話をしている相手が香耶《かや》ならこうはいかなかっただろう。

「……つまり最初から大和《やまと》側が致命的に不利だったということか。貴様、どうしてこのことを黙ってアーサーの提案を受け入れた」

アーサーの提案は両陣営が受け入れて成立した。そこにはもちろん香耶の意見、つまりロキの意見も反映されている。ロキは口をぐんにゃりと曲げて意地悪く笑った。

「てめえは出来るだけ俺《おれ》からの協力抜きで事を進めたかっただろうが、これでてめえは俺の協力が必要不可欠になったってこった！　くっくっく！　……俺にとっちゃ不利でもなんでもねえ。最初から三種の神器が全部富士の樹海《じゆかい》にあるってわかってるなら、それはそれでいくらでも手の打ちようがある」

「わかった、話の本題に入れ。ぼくはどうすればいい」

「大和側も富士の樹海に侵入しなければなるめえ」

「富士の樹海は壁に囲われている。警備も厳重《げんじゆう》だ」

「くっくっく、日本側もあの程度の壁を万全の備えと考えているなら好都合だ。考えてみろよ、壁だぜ？　壁ってのは限りがあるんだ。簡単だよ、世界蛇《ミッドガルズオルム》の能力で地下から潜り込む。世界蛇が潜り込めるギリギリの深さまでは続いているめえ」

　移香斎は『悔しいが、なるほど』と眉間にシワを寄せて納得した。

「世界蛇の能力で連れていけるのは自分も含めて四人が限界だ。てめえをリーダーに、俺の部下の三人を連れていけ。俺の手勢《てぜい》……〈神戦兵団《ロキ・エインヘリアル》〉の中でももっとも信用がおける世界蛇、ヘル、それからナイアラー子の三人だ」

「貴様は行かないつもりか？」

「三種の神器はすべて富士の樹海にあると言ったが、〈天叢雲剣《アメノムラクモ》〉以外は実際に見たわけじゃない。あの時代に三つすべてがそろって生まれたならすべて富士の樹海にあるはずだというただの推論だ。だから俺は念のため西日本の魔境《まきょう》をさらっておく。これはてめえの戦いだから、裏方の仕事は俺がするってことだ」

　これは移香斎と林崎一樹《はやしざきかずき》、どちらが王にふさわしいかを争う戦いだ。

　移香斎は表情を引き締めて頷《うなず》いた。

「てめえが全力を尽くすだけじゃ足りねえ。ロシアのイリヤエリアにも協力を打診する。世界蛇が大地の侵入者ならあいつは天空の支配者だ。簡単に侵入できるだろうさ」

「ロシアはぼくたち側についてくれる……そういう話だったな」

「さらに……出来ることは全部やっておかねえとな。北欧騎士団も動かす」

「ドイツもぼくたち側につけるというのか？　どうやって？　あの国はロシアと違ってどちらかといえば中国と敵対しているだろう」

「北欧騎士団の団長補佐官エレオノーラが、日本と敵対する理由を探している。団長ベアトリクスが林崎一樹《はやしざきかずき》に傾倒《けいとう》しすぎていることが原因だ。二人の距離を離したいと思い始めている。このエレオノーラにちょっと日本についての負の情報を吹き込んでやれば、エレオノーラは嬉々《きき》としてこちら側についてくれるだろう」

「ちょっと待て、そんなこと知らないぞ。いつの情報だ？」

スパイからの情報はすでに途絶《とだ》えている。移香斎《いこうさい》は自分が知らない情報をロキが握っていることに戸惑った。

「最新情報だよ。スパイが全滅しても俺《おれ》の情報源はそれがすべてじゃねえ。腹を割って話しているという証に、俺の奥の手の一つを教えてやろう。俺は外見を思い通りに変え、魔力波も隠蔽《いんぺい》する『完全変化』の能力がある。さっきの情報は俺自身が騎士団に潜入して探ったことだ」

完全なる変化の術——移香斎は舌を巻いた。ロキと香耶《かや》が短時間で大和《やまと》の権力を握り、日本政府を翻弄《ほんろう》してきたことには、この秘術による暗躍《あんやく》があったに違いない。

だがそれは、その存在がバレてしまえば効果が無くなる奥の手だ。

ロキがそれを自分に明かしたことに、移香斎は心が動かされた。

「そうだな、エレオノーラにはナイアーラトテップの実験データでもくれてやろう。あの背徳を極め尽くしたような実験が今もなお政府ぐるみで続いてると勘違いさせれば、日本と敵対する理由としては十分だ。もう一度俺が国境を越えて嘘《うそ》の情報を流しに行かなきゃなるめえが、まぁ、全部をてめえに任せっきりにはしねえさ」

「出来ることは全部と言ったが……中国の連中は動かさないのか？」

中華道国の王――〈再　皇　帝《リボーンエンペラー》〉溥子《ふし》に仕える〈皇帝直属部隊〉も、大和への協力を表明して領内に駐在している。大和が動かせる戦力の中では彼女たちこそ最強の一団である。

「あいつらは下手《へた》に動かすとコントロールが利かねえ。イリヤエリアは単独だから大それたことはしねえだろうが、あいつらは集団で来ているからな。あいつらに神器をすべて奪われて、日本と争う前に中国と戦争なんてことになりかねねえ」

中国は日本と大和の争いにがっつりと関与している。それだけに裏切られると規模の大きな問題に発展するということか。大勢で来ているだけに扱いが難しい。

「わかった、それじゃあさっそく行動に出るぞ。世界蛇を呼べ！」

「いや待て、おめえが富士の樹海《じゅかい》に潜り込むのは、林崎一樹たちが富士の樹海に入るのと同時だ」

「何故《なぜ》だ」と移香斎は逸《はや》った。

「魔境《まきょう》に侵入すれば魔獣《まじゅう》との戦いは避《さ》けられねえ。戦えば魔力が発生する。その魔力を、向こうの見張りに感じ取られる恐れがある」

「なるほど……林崎一樹たちと同時に侵入すれば、ぼくたちの魔力も林崎一樹の魔力も区別がつかないということだな」

「そうだ、何事もどさくさに紛《まぎ》れて……だ」

移香斎《いこうさい》は従順に頷《うなず》いた。こいつに従おうという思いが湧いていた。

ロキという得体が知れない存在への警戒心よりも、林崎一樹《はやしざきかずき》に勝利するためにはこいつの協力が必要不可欠だという思いの方が遙《はる》かに大きなものとなっていた。

「……富士の樹海《じゅかい》では、三種の神器を見つけてかっぱらったら、とっととトンズラこいて退却しろよ。くれぐれも、林崎一樹と戦おうなんて気を起こすんじゃねえぞ」

だがロキがそう言うと、移香斎は眼光に刃の鋭さを取り戻して睨《にら》みつけた。

「俺《おれ》たちはルール破りで富士の樹海に挑む。てめえ、イリヤエリア、北欧騎士団の三方向からだ。すべて俺の思い通りに動かす」

ロキは宣言した。

「そして最大の敵は林崎一樹じゃねえ。ルールを破ろうとすれば動き出す……アーサー・ヴァシレウスとレジーナ・オリンピア・フォルナーラだ」

†

「ここはすこぶる快適だね。まさかこんな歓待《かんたい》をいただけるとは思っていなかった」

クリスタルの煌《きら》めくシャンデリアが、金色の壁と朱色の絨毯《じゅうたん》を照らし出す。

アーサー・ヴァシレウスは長い脚《あし》を組んでイスに座りながら、心から満足そうに山形《やまがた》連隊長へ笑顔を向けた。

山形連隊長は恐縮した。彼とて騎士団の幹部であり、対等の外交相手にむやみに下手に出る謂《い》われはない。だが叩《たた》き上げに出世してきた彼にとって『選ばれし高貴なる王』の持つオーラは眩《まぶ》しかった。

「準備に時間がかかってしまい申し訳ありません。何しろこの『赤坂離宮《あかさかりきゅう》』は、迎賓館《げいひんかん》として長らく使われていなかったもので」

日本は外国と長らく国交を絶っている。ゆえに外国からの来賓《らいひん》もまずやってくることがなくなり、国内にある迎賓館はいずれもその役割を失っていた。

今回、アーサー、レジーナ、イリヤエリアという三人の王を迎えるにあたって、日本政府は慌てて迎賓館を復活させる必要に迫られたのだ。

それまで都内の高級ホテルに迎えられていた三人の王は、ようやく貴賓として相応《ふさわ》しき駐在の場に招かれたのである。

「最善を尽くしてくださっていたのは分かっている。このアーサー、感謝の念に耐えない。かかった時間は問題ではない。それにあのホテルもけっして悪い場所ではなかった。レジーナ女王、あなたもそう思うだろう？」

アーサーは隣のイスに座っているレジーナに話を振った。

イタリアの女王は冷然たる無表情で答えた。

「先ほどの昼食で私にナポリタンとかいう料理を振る舞ったシェフを今すぐ処刑しろ」

「異文化との接触には悲劇が絶えないね」

アーサーは大げさに両手で顔を覆った。

「だが私に言わせればあんなに美味《おい》しいものはフィッシュアンドチップスとは呼ばない」

「ところで私を呼び出した用件は何でしょう」

山形《やまがた》連隊長は二人の顔を見比べながらたずねた。

富士の樹海探索《じゆかいたんさく》の司令官に就任《しゆうにん》した山形連隊長は、今、騎士団でもっともヒマな男である。

騎士団を動かす立場だが、騎士団はスパイの浄化が完全に終わるまで迂闊《うかつ》に動かすわけにはいかない。まだまだスパイが交じっている恐れがある騎士団は一切動かさずに、林崎《はやしざき》一樹《かずき》たち学生に富士の樹海を攻略してもらおうというのが彼の考えだ。

ゆえに働いたら負けである。

日がな一日中、上司にケツを叩《たた》かれたときの言い訳ばかり考えて過ごしていたら、いきなり王たちに迎賓館《げいひんかん》に呼び出されてしまった。

彼らに働けと責められる謂《い》われはないが、何故《なぜ》か後ろめたい気持ちがわく。

「ああ、まずはこれのことなんだが……」

アーサーはそう言って、右手首を持ち上げた。そこには分厚い金属ブレスレットがはめられている。――錬金硬鋼《アダマンタイト》製である。相当重たいはずだ。

「それはGPS内蔵の発信機です。申し訳ないがあなたたちの行動はすべて監視させていただいています。人間の監視もつけていますが、人間だけでは心許《こころもと》ないので」

「うん、常に尾行がついていることには気づいている」

アーサーが頷《うなず》く。レジーナも不快そうに顔をしかめた。

「あれを殺すだけで自由になれるならそれは簡単なことだからな。当然の考えだ。肌身離さず機械をつけられるとは重いし不愉快だが、仕方あるまい」

アーサーはレジーナほど不満を表に出さずに質問を重ねる。

「このGPSというものの精度は確かなものなのかい？」

「誤差10センチです」

「確かGPSには隠し撮りをする機能があったと思う。『衛星写真』と言ったかな、それを使えば魔境《まきょう》への侵入者を即時に察知することもできるのかな？」

あまり科学文明にくわしくないのだろう。アーサーはおぼろげな知識を思い出すふうにたずねた。

「どんなに精度が高くても、木々で遮《さえぎ》られた中で活動する人間の姿を捉えるのは無理です。魔境から通常の樹海に解放された範囲が、もしかしたらぎりぎりで判別できるかもしれないという程度でしょう」

「ふむ」とアーサーは思慮《しりょ》深い面持ちで唸《うな》った。

「それに衛星写真はリアルタイムで撮影できるものではありません。撮影の標的の上を、人工衛星はすぐに飛び去ってしまいますからね。タイムラグを無くすには衛星の数自体を増やす必要があります。日本はそこまでたくさんの衛星を飛ばしていません」

アメリカという頼もしい同盟国がいたころよりも、自由に使える衛星の数は減っている。日本が新たに衛星を飛ばそうとすれば、他の魔法先進国を刺激することになる。

「GPSというのは宇宙を飛ぶ衛星から電波を発し、この発信機とやりとりをしてこちらの居場所を特定するものだったと思うけど、電波というのは地下や水中に入ったら届かなくなるのでは？」

「ある程度の地下なら届くように中継局を増設させています」

「なるほど、私の知っている知識よりも進歩しているのだね」

「もちろん限界があるので電波が届かないようなところには極力、行かないようにしてもらいたい。発信機との通信が途絶《とだ》えたら即座《そくざ》にすべての騎士がスクランブル動員されることになっています」

「このブレスレットの材質は？」

「錬金硬鋼《アダマンタイト》という我が国で発明した錬金《れんきん》素材です。召喚《しょうかん》魔法の力をもってしても破壊は困難でしょう」

「まぁ破壊したところで、発信が途絶えて騎士たちがスクランブルしてくるわけだね」

「破壊は難しいとは思いますが」

山形《やまがた》連隊長がそう受け答えると、アーサーは不審げに眉を揺らした。

レジーナは「くっ」と小さな笑いを漏《も》らす。

「錬金硬鋼という素材は、見たところ富士の樹海《じゅかい》を囲っていた壁の材質と同じだね」

「はい。……それらがどうかしましたか?」

根掘り葉掘りといった質問が終わって、山形連隊長はたずねた。

「ああ、誤解しないで欲しい。私たちは発信機をつけられたことを不満に思っているわけじゃない。ただ……日本と大和《やまと》の競争が厳正に行われるか、何者かが不正を挟《はさ》む余地がないかを懸念しているだけさ。私たちもずいぶん自由にさせてもらえているからね」

山形連隊長は即座に、この場にいないイリヤエリア・ムーロメッツのことを想《おも》った。

彼女の国、ロシアは親中の姿勢だと言われている。

言外に『あいつに気をつけろ』と警告してくれているように思われた。

「私たちとしても、あなたたちに可能な限りの敬意を示しつつも、あなたたちが何か行動に出たら、即座に対応できる準備をしているつもりですよ」

「ふむ……確かにこのGPSをつけている限り勝手な行動は取れないだろうな。もちろん誰《だれ》かが勝手な行動に出たら私も動く。それは世界のバランスを崩す行為だからね」

各魔法先進国が互いを牽制《けんせい》しあっている――だからこそこの世界は平穏を保つことが出来ているのだ。この国は特にそうだ。

「それに富士の樹海は錬金硬鋼の壁で囲われていて、ただ一つの門《ゲート》からしか侵入できません。この門はこの前の騒動のようなことがないように、警備をさらに厳重《げんじゅう》にしています。今度は鳥に変身しようと蟻《あり》に変身しようと侵入できませんよ」

山形連隊長は自信を持って言う。

「良い経験になったようでけっこうだな」とレジーナが皮肉げに笑った。

「GPSの機能には信頼がおけそうだが壁は心配だな。レジーナ女王もそう思わないか?」

アーサーがきっぱりと言い切った。レジーナもきっぱりと頷《うなず》いた。

山形《やまがた》連隊長は理由がわからず、「何故《なぜ》です?」と表情を強《こわ》ばらせた。

「あの程度の壁なら三十秒くれれば私やレジーナ女王なら破壊できる」

「付け加えるなら」

先ほどからブレスレットを弄《いじ》っていたレジーナが言葉を発した。

「この材質の強度は根源粒子《プリママテリア》の結束を魔法的に強化することで成《な》り立っているようだな。力押しでも破壊できるが、魔法的加護《エンチャント》の破壊と物理的破壊を両立させた攻撃魔法や神器があればもっと簡単に壊せるだろう」

「もちろんイリヤエリア女王も壁を破壊できるだろう。つまり何の信頼にも値しない」

山形連隊長は顔色を失った。

「山形連隊長、一つお願い……いや提案がある!」

アーサーは手にしたステッキをカツンと突いて勢いよく立ち上がった。

「私に富士の樹海《じゅかい》の壁の周りを見回りさせてもらいたい。何かあったら、すぐさま動けるようにしたいのだ。レジーナ女王、貴女《あなた》も来たまえ!」

レジーナも重々しく立ち上がり、胸を張って続いた。

「良かろう。この国と林崎一樹《はやしざきかずき》については、もう少し様子を見てやろうということにしたからな」

山形連隊長は困惑した。この二人も重要な監視対象である。

「いや、お二人のお手を煩わせなくても……いざというときにだけ動いていただければ。そもそもあなたたちも、監視をしなければならない相手ですから」

「そう遠慮《えんりょ》しないでもらいたい。私は祖国のものよりも美味《おい》しかったフィッシュアンドチップスのお礼をしたいのだ」

「私が食べたナポリタンはまったく口に合わなかったが……まぁ前回の詫《わ》びだ」

アーサーとレジーナがずいと迫る。思《おも》いの外《ほか》に押しが強いコンビだった。

山形連隊長はふと、考え直した。……日本の今の立場は、魔法先進国たちが世界のバランスを維持するために互いを牽制《けんせい》し合うことで成り立っている。どこかの魔法先進国が暴走した場合、他の魔法先進国の手を借りずに事態を収めることはほぼ不可能である。

ならば毒をもって毒を制する――この二人にただ警戒ばかりを向けるより、上手《うま》く利用する対象として見なした方が賢いのではないか。

それにこのアーサーという王……好意を無碍《むげ》にするとかえって面倒なことになりそうな気がする。問題人物のように思えたレジーナは、アーサーといっしょだと不思議とバランスが取れているように見える。

「……あなたがたがそう言うなら」

思考を一周させ終えると、山形連隊長は態度を翻《ひるがえ》した。

「そういうことなら、あたしも行くぜ！」

突如、部屋の隅のゴミ箱の蓋《ふた》が爆発するように吹き飛び、中から女の顔が飛びだした。

山形《やまがた》連隊長と二人の王は、驚きで目を丸くしてその人物を見つめた。

「ろ、呂尚香《ろしょうこう》！　どうしてそんなところにいるんだ！　ゴミかおまえは!?」

山形連隊長は悲鳴に近い声をあげた。

呂尚香――中国に反抗するレジスタンス組織〈梁山泊《りょうざんぱく》〉を束ねる女親分である。

ゴミ箱からはみ出た顔をにっと人懐っこく綻《ほころ》ばせながら、彼女はそこから抜け出た。

「王様がここに来るって言ってたから是非一度お顔を拝んでおかにゃあと思ってね。いやあ、しかし迎賓館《げいひんかん》はゴミ箱すらフローラルな香りがして居心地がいいや。おい連隊長、あたしもここに住ませろい。なんならこのゴミ箱でかまわねえ」

「何言ってるんだ、バカ。日に日に調子に乗りやがって」

こいつへの対処にはもう慣れたとばかりに山形連隊長は気安く接した。

「おまえらなんて呼んでもいないのに来たんだ、ビジネスホテルで十分だろう」

「なんだとこのやろー！　言ってくれるじゃねえかよ、おい！」

ゲラゲラ笑いながら尚香が山形連隊長の肩を叩《たた》いた。

「ずいぶんと気さくな関係のようだね」

そんな二人をアーサー王がじっと見ていた。

しまった、と山形連隊長は血の気《け》が引いた。梁山泊は反中国のレジスタンス組織だ。日本がこの梁山泊と近しい関係にあると誤解されると、日本と中国の武力衝突について『日本は一方的な被害者』というこちらの主張が崩れてしまう。

「見回りに参加したいというのは、やはり日本と協力関係にあるということかな？」

鋭い刃物を振るうように、アーサーは問い質《ただ》した。

「妙な勘ぐりは勘弁願いますかね、イギリスの王様」

慌てる山形連隊長よりも先に、尚香がずいと身を乗り出して反論した。

「あたしは中国に好き勝手されたくなくて、見回りに参加させてもらいたいって申し出てるんだ。日本と仲良しこよししたくて言ってるんじゃねえ。それを言ったらお二人だって日本を贔屓《ひいき》したくて見回りの協力を申し出ているわけじゃねえだろ」

野生的な風貌《ふうぼう》からは似つかわず、尚香はやたらと舌がよく回る。

ここ数日、山形連隊長はこの女に何度も言い負かされて個人的に悔しい思いをした。

「ふむ、その通りだ。我々でルールを定《さだ》めた三・種・の・神・器・の・争・奪・レ・ー・ス・が・厳・選・に・行・わ・れ・る・よ・う・に、見回りを買って出ているに過ぎない」

「つまりまったく同じ立場じゃねえか。てめえのことを棚に上げてこっちを疑おうってんですかい？」

尚香はイギリスの王を相手にギロリと睨《にら》んで恫喝《どうかつ》した。だが激してはおらず、冷静である。この小柄な少女の内面には常に理性と野生が矛盾することなく共存している。

「なるほど、面白い。当たり前の理屈であっても、王を前にしてこうもはっきり言える人間はそういない」

アーサーは懐深く襟《えり》を開いた。

「きみもぜひ我々と行動を共にしてくれたまえ」

「へいありがたく」

呂尚香《ろしようこう》はアーサーに認められたらしい。だがその横で、何だか面倒臭そうなトリオが出来上がったと山形《やまがた》連隊長は表情をひくつかせた。

上手《うま》く利用してやろう——と一瞬思いはしたものの、制御できる気がまったくしない。

二章　迷いの森

「……この情報は間違いないのか？」

深い失望に染まった声で、ベアトリクスは副官にたずねた。

北欧騎士団が滞在させられているホテルの一室にベアトリクス、エレオノーラ、ダミアンは集まり、禁忌《きんき》の情報を前に思わず声を潜《ひそ》めあっていた。

「間違いないでしょう」

本当は断言できるほどのものではなかったが、エレオノーラはベアトリクスの心を動かすためにあえて断言した。

「にわかには信じがたい……あまりにも……あまりにも非道な話だ」

オーディンの教えに敬虔《けいけん》な道徳心を持ったベアトリクスは、頭の芯から冷えきるような感覚を覚えていた。失望を伴う怒りはどこまでも静かで冷たい。

ダミアンすら言葉を失っている。

「もちろんこの計画自体に林崎一樹《はやしざきかずき》はかかわっていないと思いますが。……我々はどちらつかずの態度を改めなければいけないと思います」

禁忌《きんき》の情報──それは日本という国が密《ひそ》かに国民に人体実験を行っているというデータだ。機械文明を発展させ続けているだけでもドイツからすれば認めがたいことだが、この冒涜《ぼうとく》はあまりにも目に余る。

──しかしこの情報は、ナイアーラトテップが暗躍《あんやく》していた頃に音無《おとなし》元校長が密かに進めていた実験のデータである。あたかも今も政府ぐるみで行われているかのように誤解させるように、変身したロキがエレオノーラに差し出したのだ。

一樹《かずき》の傍《そば》にいた氷灯小雪《ひあかりこゆき》という不思議な容姿の少女を、ベアトリクスとエレオノーラは思い起こした。彼女こそがこの人体実験の産物だったのだと思うと、情報はにわかに説得力を増した。

そして、エレオノーラは情報を検証する間も待たずベアトリクスに翻意を促《うなが》した。

「日本と我々は友好を結び得ません。なのでこの機会に、大和《やまと》にこの土地の支配を預けるのが得策と考えます。我々は大和につくのです」

「う、む……そうだな……」

ベアトリクスは苦い表情で言葉を濁した。

敬愛する上官の心中を察してエレオノーラの胸も重苦しくなった。

こういうとき、エレオノーラはいつもあの少年を憎みたくなる。

「隊長はあの少年に惹《ひ》かれすぎています」

「いかにもその通りだ。このベアトリクスちゃん19歳、年の差も辞さぬという気持ちでいる」

「辞さぬ、じゃありません。私たちはこの国の人々とは、どこまで言ってもわかりあえません。北欧の神々に忠誠を誓い続ける限り。最後の最後には必ずすれ違う運命にあります。彼は敵です。そして隊長とは、戦士と戦士の関係です。隊長、あなたの心のうちの剣は錆《さ》びてしまったのですか」

「そんなことはない！　一樹は……そうだ……戦って倒さなければならない相手だ!!」

ベアトリクスは決然と叫んだ。

エレオノーラは「よし」と思った。

戦いを愛する北欧騎士の心が、あの少年への執着を断ち切ったのだ！

だが「いや、待てよ」と急にベアトリクスはあごに手をあてて考え出した。

「もしも、もしも大和がこの国の支配者となり、あの移香斎《いこうさい》とやらがこの国の王となったら……一樹はただの一般ピーポーだな？」

「え？　あ、はい、ピーポーですね」

「だったら……ドイツに連れ帰っても……なにも問題は起こらんよな……？」

エレオノーラは唖然《あぜん》とした。

こうきたか。いや、こうくるほどにあの少年を想《おも》っていたか。

ベアトリクスは、別人のように表情を明るばせた。

「よし、いいことを思いついた！　今すぐ行動にでるぞ！　幸い日本の騎士団どもは他の国の王どもを監視するのに手一杯で我々への監視は手薄だ！」

エレオノーラはギョッと目を丸くした。

「もしかして今から富士の樹海《じゅかい》に行くと言うんですか？」

「一樹《かずき》たちもこれから富士の樹海に行くという話だったな？　ふっふっふ、それを邪魔をしに行く。徹底的に邪魔をし、あわよくば一樹を見つけだして戦う。甘美《かんび》なる戦いの決着をついにつけるのだ！　一樹を倒し、魔力酔いにしてから我々は身を潜《ひそ》める。そうなると必然的に大和《やまと》が神器争奪《そうだつ》レースを勝利する。一樹は一般ピーポーになる。ドイツに連れ帰る。ドイツの片田舎で密やかにささやかな挙式をする。うむ」

「うむって……隊長……」

「わ、私にウェディングドレスなど似合わぬと思うが……敗者となった一樹には文句を言わさんぞ！」

ベアトリクスはモジモジした。「はぁ」とエレオノーラは言った。

「私は決着をつける！　戦士として、林崎《はやしざき》一樹を倒す！」

ベアトリクスにとってもっとも大きな愛情――『強きものとの戦い』への愛と、無視できない大きさに育まれてしまった林崎一樹への愛が、奇妙《きみょう》な調和をもって一つの目的を形づくった。一見してバカみたいだが、それは恐ろしいほどにツッコミを入れる隙《すき》のない完璧な論理だった。

大和の勝利によってベアトリクスにとっての障害は何もなくなるのだ。

ベアトリクスはホテルを飛び出して走った。

エレオノーラとダミアンをかついで走った。その方が速いのである。

一樹たちは魔光列車で富士の樹海に向かうはずだが、ベアトリクスは自らの足で走った。それでもさほど遅れをとらぬ健脚《けんきゃく》とスタミナだった。

人目につけば怪人以外の何者でもない。

だが今のこの瞬間を邪魔さえされなければ、後のことはどうでもよかった。どうせ日本政府は転覆してこの国は大和になるのだ。そのあと一樹をお持ち帰りしてドイツに帰るのだ。後はどうにでもなれ。……そんな完璧な未来図を想《おも》い描《えが》いて走った。

もちろん副官のエレオノーラはまったく考えなしというわけではなかった。

「富士の樹海は騎士たちによる見回りがあります」

エレオノーラは騎士団の見回りスケジュールをすべて諜報《ちょうほう》済みだった。

エレオノーラの指示に従ってベアトリクスたちは壁の門《ゲート》に接近した。警備が厳重《げんじゅう》な入り口を遠回りに避《さ》けて、西に数キロの地点に身を潜める。

そのまま身を潜めて、一樹たち騎士学院の生徒が魔境《まきょう》に入るのを待った。

†

魔技科《まぎか》と剣技科の精鋭《せいえい》たちを詰め込んだ二台の軍用バスが、富士の樹海《じゅかい》の手前の門に停車した。

天を衝《つ》くような高さの錬金硬鋼《アダマンタイト》の壁は何度見ても壮観《そうかん》だった。その周囲には以前の倍にもなろう騎士や元騎士《ロートル》たちが警備を行っている。そう簡単に破れる警備とは思えない。

バスから降りた生徒たちを、一樹《かずき》は先頭に立ってグループごとに整列させる。

「一樹！」

警備の元騎士たちに交じって二人――茜《あかね》先輩と花音《かのん》先輩が、一樹の名を呼びながら駆けてきた。騎士団で実習を積んでいる魔技科の三年生である。

「先輩たちも来てたんですね」

「茜がおまえに会いたそうにしてたから……あいた」

いたずらっぽく笑う花音先輩の頭を、茜先輩がポカリと叩《たた》いた。

「違うわ。門の警備をより厳重《げんじゅう》にするために現役の騎士も動員されたけど、確実にスパイじゃないと信頼できる騎士はあまり多くいないからよ」

「そうですね、茜先輩たちなら安心です」

「でもせっかくの機会なのは確かだし、コホン、連絡先でも交換しておきましょう」

「え？　あ、そうですね、ありがとうございます」

茜先輩は懐からシックなシャンパンゴールドの携帯端末を取り出した。

一樹も同じく取り出し、互いの連絡先を認証させあう。

「何かあったら魔女の館の最高学年として何でも相談にのるわ。別に用がなくとも連絡していいけど」

一樹の背中に光《ひかる》先輩がひっついて、会話に交じってきた。

「むふふ、茜先輩が一樹にアプローチしてる♪」

花音先輩も「ふひひ」と茜先輩の背中にひっついて、会話に交じった。

「まったくなー、意外だなー、あの茜がこんなに手が早いなんてなー☆」

「か、勘違いしないで！」

表情にわずかの恥じらいを覗《のぞ》かせて、茜先輩は花音先輩を振り払った。

「尊敬できる男の人……いや、尊敬できる後輩と思っているだけよ。私はただの凡人《ぼんじん》だから。……花音！　この子たちの通行手続きを始めるわよ！」

茜先輩は花音先輩の手を引いて、門の方に歩いていってしまった。

「あの人こそ尊敬できる人だよ」

一樹の背中にひっついたまま、光先輩が一樹に顔を寄せた。

「身体能力強化《エンチャントオーラ》魔法を除いたすべての系統の魔法が均等にハイレベルで、苦手分野がまったくない人なんだ」

すべての能力が均一——それは生まれ持った資質にまったく頼ろうとせず機械的にまで客観的に鍛錬《たんれん》し続けた結果に違いない。

自らの強い意志だけで完成した、努力の人ということだ。

「魔力の絶対量や出力量は花音《かのん》先輩に負けちゃうけど、詠唱《えいしょう》速度は騎士学院の歴史の中でナンバーワンって言われてる。学科は95点以下を一度もとったことない」

「すごいな……それで凡人《ぼんじん》なんて言われちゃ立つ瀬がない」

「決闘したら花音先輩と輝夜《かぐや》には負けちゃうんだ。でもそれぞれを一人ずつ魔境《まきょう》にぶっこっんだとしたら、真っ先にクエストクリアに成功するのはたぶん茜《あかね》先輩かな」

話を聞きながら、一樹《かずき》は複雑な気持ちがした。

そんな茜先輩は凡人なんて自己評価をしているが、それに比べて自分がどう特別だというのか。自分はどうしてレメに選ばれたのか、わからない。

たまたまレメに選ばれたから特別というだけの人間なのではないか……。

……ではこの力を、自分に相応《ふさわ》しくないと言って捨ててしまいたいかというと。

嫌だ。それはしたくない。

ならば、もっとこの力に相応しい人間にならないといけない。

王たる強さを自らの意思で手に入れなければならない。

三種の神器を賭けた戦いを前に、一樹は改めて決意を抱いた。茜先輩という尊敬できる先輩のおかげで、胸のうちから怯懦《きょうだ》の気持ちがすべて消えた。

「一樹と茜先輩ってちょっと似てるね。どちらも努力家だもん。ぼく二人とも大好き」

一樹にひっつきながら光《ひかる》先輩が一樹に頬擦《ほおず》りしてくる。

「俺《おれ》も茜先輩に負けないぐらい努力しないと。……ほら、光先輩もリーダーの一人なんだから自分のグループに戻ってください」

一樹はしがみつく光先輩をひっぺがして、先輩のメンバーがいる方に背中を押した。

「それじゃあ、行動開始！」

魔境の内部に入った生徒たちは、グループごとに探索範囲《たんさく》が重ならないように散っていった。誰《だれ》も手をつけていない魔力の濃い方向を目指していき、遭遇《そうぐう》する魔獣《まじゅう》を倒して虱潰《しらみつぶ》しに魔境を解放していく作戦だ。

富士の樹海《じゅかい》は三つの階層に別れている。富士山の山頂を中心にした5キロ圏内のレベル3エリア、その外側さらに5キロのレベル2エリア、さらに外側5キロのレベル1エリア——それぞれのエリアの境界は巨大な壁で囲われていて門《ゲート》からしか通行できない。

三つのエリアを合計して半径15キロの大魔境となるのである。

この壁は、かつて騎士団が魔境を解放できず、とりあえず壁で囲ったもののその壁も魔境の拡大に飲み込まれてしまって……ということを繰り返してしまって出来たものだ。

三種の神器を見つけ出すついでに、今ここその大魔境を解き放つときだろう。

入り口付近の左右数キロは以前に一樹たちが二手に分かれて探索したため、最初は周りに魔獣の影はない。みんな一斉に広く散って、他のグループはすぐに見えなくなった。

「俺たちは奥まったところからぐるっと回ることにしようか」

内側の二番目の壁を目指して奥に入り、そこからぐるっと回るイメージで一樹は動き出した。もっとも魔力が濃い――魔獣《まじゅう》が強い範囲を探索《たんさく》することになるが、一樹《かずき》のグループは少数精鋭《せいえい》が集まっている。そこを回るのが当然の義務だと一樹は考えた。

一樹、龍瀧《りゅうたき》姉妹、華玲《かりん》、琥珀《こはく》という五人組である。

あたり一面は奥に進めば進むほど、むせるような悪臭と湿気が立ちこめる魔境《まきょう》の森になる。自然の緑はなく、毒々しい色合いが広がっている。

まだ山という雰囲気はない。

「私と姉様に指図するな、へっぽこ生徒会長め」

……しょっぱなから忍舞《しのぶ》先輩が一樹を無視し、雅美《みやび》先輩の手をぐいぐい引いてズカズカと進んでいった。

「某《それがし》の親友をへっぽこだと貴様！」

前に進んでいく忍舞先輩の背中に、琥珀が怒りを露《あら》わに叫ぶ。

琥珀は一樹に『結婚ありき』で考えるのをやめて一から人間関係を構築し直そうと諫《いさ》められた結果、『親友』という位置に落ち着くことにしたらしい。

「某の旦那《だんな》になる予定の親友を侮辱すると、未来の嫁の某が許さんぞ！」

何だかすごく不純な感じがする親友だった。

だが忍舞先輩は琥珀なんていないもののようにズカズカ前進していく。

「ていうかあいつどうしてクエストに参加したんだ？」

華玲がもっともな疑問に首を傾《かし》げた。

「雅美先輩が参加するって言い出したから、それについてきたんだと思う」

雅美先輩は外に繋《つな》がりを持ちたいと思っているし、自分の能力を世の中の役に立たせたいという意識が人一倍に強い。役立って、周りからエルフの力を認められたいのだ。

そんな雅美先輩に、忍舞先輩は誰《だれ》も近づけまいと番犬のように睨《にら》みを利かせている……妨害しているようなものだ。

雅美先輩は「忍舞！」と叱咤《しった》しながらも、されるがままに腕を引かれて行った。

「っていうか、そんなに不用心に進んでいくと危ないですよ！」

一樹は慌てて追いかけた。

だが一樹が追いかけると忍舞先輩はよけいに足早になる。

「キィイイイイイイ！」

不意に毒々しい色彩の樹上に潜《ひそ》んでいたグリフィンが、忍舞先輩たちを獲物と定《さだ》めて急降下してきた。鷲《わし》の顔と翼に獅の体を持った幻想的な猛獣である。

「ハァアアア！」

とっさに華玲が龍瀧姉妹にダッシュで追いつき、急降下してきたグリフィンに思いっきり跳び蹴りをした。

一樹は華玲の動きを感じ取り、サポートの体勢に入る。

「グキィイイ！」

グリフィンの胴体が華玲の強烈な蹴りで歪《ゆが》んだ。分厚い毛皮の下でバキボキと粉砕音が鳴る。身体能力強化魔法《エンチャントオーラ》が乗った華玲《かりん》の蹴りには、ここまでの破壊力がある。

だが大きく開かれたグリフィンの口から、渦を巻くような魔力が発生した――生体活動というより、魔法に近い現象。魔力の渦が炎の渦に変化し、烈風のごとき吐息《といき》とともに華玲に吐きかけられる――ファイアーブレス。

華玲は龍瀧《りゆうたき》姉妹を助けるための全力キックで体勢を硬直させ、回避に移れない。

だが一樹《かずき》はグリフィンがそういう攻撃をすることを事前に知っていた。

「触れるものすべてを焼尽《しようじん》する……寄る辺なき否定の灼熱《しやくねつ》を！　炎勢鎧《セルフバーニング》！」

一樹の補助魔法により、すんでのところで華玲の体が炎の鎧に包み込まれた。

炎の吐息を、炎の鎧が吸収し、無効化させる。

「おお！　ありがとう、林崎《はやしざき》一樹！」

華玲は喜びの声をあげながら跳び蹴りから着地して、地面を踏みしめ拳《こぶし》に力を込める。

一樹はそこで炎の鎧を念動操作し、華玲の拳に集中させてやった。

炎の鎧が炎のナックルに変化する。

「おおおお!?」

華玲が驚きの声をあげながら、炎の拳を振るった。さらに蹴りの連撃を見舞おうとすれば、一樹はその動きを先読みして今度は炎をつま先に動かす。

炎の乱舞を受けたグリフィンは「キィイイイイ！」と悲鳴をあげながら魔力光に分解され、消滅した。

華玲が「やった！」と飛び跳ねる。

「さすが華玲だな」

一樹は改めてその武術に感心しながら、飛び跳ねる彼女の背に歩み寄った。

「おい林崎一樹！　今えらいことになってたぞ!?　何だ今のすっごい！」

華玲が一樹の両手を掴《つか》んで、ぶんぶん振り回す。

「何って、これぐらい普通のチームワークだろ？」

「チームワーク！　こんなの知らない！　初めてだこんなのっ！」

「初めてって……林志静《はやししずか》とも一緒に戦ってただろ？」

一樹がその名前を出すと、華玲のキラキラしていた瞳が一気にどんよりと暗く曇った。

「静といっしょに戦うのは……主に痛かった……」

そういえば……華玲と静のチームワークというのはそういうものだった。

静が華玲に激痛を伴う不死の力を与えられ、ひたすら肉の壁になるというものだ。

そんなものはチームワークとは言わない……。

「おまえといっしょに戦うのはすっごく楽しい予感がする!!」

「そりゃ肉の壁扱いと比べたらな……変なもの思い出させてすまん」

華玲は「チームワーク♪　チームワーク♪」とウキウキしながら一樹の周りをぐるぐる回り、小さなハートマークを飛ばした。

桂《かつら》華玲――48

「……」

琥珀《こはく》はグリフィン一匹なら問題ないと見切り、周囲に加勢がないかを警戒していた。

こいつはこいつで冷静さが頼もしい。

「……ふん、チームワークなんか、私と姉様の方がよっぽどうまくやれる」

華玲《かりん》に守られて棒立ちだった忍舞《しのぶ》先輩だが、なおも雅美《みやび》先輩の手を引いてスタスタと歩き出した。あくまで先頭を歩こうとする。一樹《かずき》は慌てて追いかけた。

「先輩、困ります！」

追いすがる一樹と忍舞先輩の間で、雅美先輩はオロオロしていた。

「キイイイイ！」

——忍舞先輩を説得する間もなく、再びグリフィンが空から目前に降りてきた。

忍舞先輩は雅美先輩をかばうように真っ正面に立つ。

「貴様が困ろうが知ったものか。私たち二人には他に何者も必要ないことを見せてやる！

……ベルフェゴールに与えられし汝《なんじ》の翼、〈炎の氷柱《つらら》〉よ！　我らを覆い隠し、理不尽なる矛盾の壁となれ！　炎と氷の翼壁《クロスコンフリクト》！」

忍舞先輩がグリフィンを十分に引きつけてから防御魔法を発動させた。その背中に赤いクリスタルの翼が伸び生える。強力な熱気と冷気を併せ持つという矛盾した特性を持ったマルコシアスの〈炎の氷柱〉、その力の一端である。

二重の属性から身を守り、二重の属性で攻撃も出来る。

忍舞先輩はクリスタルの翼で我が身をくるみ、グリフィンが振り下ろす爪の一撃を防いだ。衝撃でクリスタルの翼がわずかに欠ける。欠けたクリスタルが熱気と冷気を放ち、それに触れたグリフィンの腕部を焼いた。

「グギィイイイイ！」

グリフィンは悲鳴をあげながら、しかしがむしゃらに両手を振るう。

グリフィンの爪が、力尽《ちからづ》くでクリスタルの翼を弾《はじ》いた。武術に心得のない忍舞先輩はそれに反応できない。

ガードの隙間《すきま》をこじ開けてグリフィンが爪を振るう。

忍舞先輩は本体に一撃を食らい、青い魔力を散らせた。

「翼舞わせて散らすは火花。螺旋《らせん》の颪をたなびかせ、生命穿《うが》つ弾丸となれ！　羽撃《はばた》きよ撃《う》ち抜け！　螺旋華！」

クリスタルの翼のガードを崩した忍舞先輩を、一樹は慌てて援護《えんご》した。炎の弾丸が命中し、グリフィンの追撃を阻む。

だが、忍舞先輩はキッとこちらに怒りの表情を向けた。

「よけいな手出しするな！」

その一声で、一樹のみならず華玲と琥珀も助けに入ろうという動きを止めた。

「慈しみの女神《めがみ》よ……汝の見守る下で試練に挑む戦士に、光を射し与えたまえ。月光《ムーンライト》歌《ブレス》！」

忍舞《しのぶ》先輩に守られながら、雅美《みやび》先輩は強化魔法を唱えていた。

頭上の晴天にうっすらと月影が浮かび、月光が忍舞先輩に舞い降りる。

月の女神《めがみ》の戦士への祝福が、忍舞先輩の身体能力を強化した。

「うあああああっ！」と声をあげて、忍舞先輩が振り下ろされてくるグリフィンの腕を受け止める。ガッチリと腕と腕を組み合い、グリフィンと力比べの体勢に入った。

無茶《むちゃ》な、と一樹《かずき》は面食らった。

強化されているとはいえ、体術にろくに心得のないはずの忍舞先輩だ。

ただ両腕を受け止めているだけでも、忍舞先輩の魔力は剥落《はくらく》していく。

両腕を抑えられたグリフィンは、頭部を引いてクチバシで突き刺そうという姿勢をとった。この体勢ではそれを防ぐ術《すべ》はない。

だが、忍舞先輩はかろうじて詠唱《えいしょう》を維持し、魔法を発動させた。

「くっ……森を彷徨《さまよ》う寂しき狼《おおかみ》よ、汝《なんじ》は女神より月光を与えられり。その光は戦士の力……鋭き牙《きば》を刃に変えて、その武勇《ぶゆう》を示せ！　獣牙の双剣《ブレードタスク》!!」

空中を舞い踊る牙の双剣が、グリフィンの両の眼球に突き刺さった。

グリフィンが悲鳴をあげて、動きを止める。

「凍《い》てつく空の繊月《せんげつ》よ、風吹くままに雲を裂き、地上の生命《いのち》を斬り落とせ！……月の乙女《ムーンスク》の秘刃《レイパー》！」

忍舞先輩の背後で、雅美先輩が三日月の刃を生みだし、グリフィンに投げつけた。

弧を描《えが》いて飛ぶ光の刃は、雅美先輩の手から離れると見る見るうちに巨大化し、真横からグリフィンの胴体を真《ま》っ二《ぷた》つに両断した。グリフィンがようやく魔力光に散った。

「……どうだ、ふん」

と、忍舞先輩が声を漏《も》らす。

「……ギリギリだったじゃないか」

一樹は嘆息しながら二人に駆け寄った。

そもそもグリフィンは群れで襲ってくることの方が多い魔獣《まじゆう》だ。

今、二人だけでどうにかできたのは運でしかない。

「ふん、なんだあのへっぴり腰は！　体術の心得のないやつが前衛なしで戦おうなんて無理だぞ！　やーいやーい！」

華玲《かりん》が一樹に並んで、子供のような憎まれ口を忍舞先輩に向けた。

だが忍舞先輩が無言で鋭い眼光をギロリと華玲に向けると、華玲は震え上がった。

「……は、林崎《はやしざき》一樹、あいつ冗談通じない……怖いよう」

華玲は一樹の腕にすがりついて怯《おび》えた。

「……どうやらお遊びはここまでだ」

琥珀《こはく》が東の空を見上げながら、ぽつりと言った。

「大魔境《まきよう》がやる気を出してきたぞ」

朝日で真っ白に輝く東の空に、無数の黒い影が浮かび上がった。黒い影は揺らめきながらこちらに近づき、次第にその輪郭をあらわにしていく――グリフィンの群れだ。

つんざくような魔獣《まじゅう》の鳴き声が響き渡った。

「某《それがし》が先駆ける！　……おまえは引っ込んでいろ!!」

忍舞《しのぶ》先輩が無謀にもグリフィンの群れを迎え撃《う》とうとすると、その機先を制して琥珀《こはく》がドンと彼女を突き倒した。忍舞先輩はよろめき、琥珀はそれを尻目に駆け出す。

琥珀はもともと年序を重んじる礼儀正しい性格だ。だがそれ以上に忍舞先輩の振る舞いに我慢がならなかったのだろう。乱暴だが、正しい判断でもあった。

華玲《かりん》も琥珀の後に続いた。忍舞先輩は後塵《こうじん》を拝し、意地を張り続ける機会を逸した。

「ゴオオアアアアアアアッ！」

背後から、グリフィンの鳴き声よりいっそう重々しい唸《うな》り声が響き渡った。

一樹《かずき》と龍瀧《りゅうたき》姉妹は、背後を振り向いた。

後ろから木々を押し倒し、踏みにじりながら、一軒家ほどの大きさもあろうかという巨人――トロールが丸太のような棍棒《こんぼう》を振り回しこちらに迫ってくる。人間と同じような顔をしているが、ボサボサの頭髪からのぞく血走った瞳には人間性を感じない。

一樹はまた飛びだそうとしかねない忍舞先輩を片手で制した。

「確かに先輩たちは二人だけでも今までクエストをクリアしてきたんだと思います……でもこの大魔境《まきょう》の魔獣は、普通の魔獣よりもずっと手強《てごわ》いです」

忍舞先輩は下唇を噛《か》んで俯《うつむ》いた。

「さっきみたいな戦い方で、あのトロールと取っ組み合えますか？」

火を見るより明らかな問いだった。

一樹は答えを待たず地を蹴り、トロールを迎え撃った。

「雅美《みやび》先輩と忍舞先輩は、魔法で援護《えんご》をお願いします！」

言いながら、忍舞先輩が素直にそうしてくれるはずがないとわかっていた。


琥珀も華玲も優れた戦士だ。

グリフィンの群れとトロールは、さしたる被害もなく片づけることができた。

死屍《しし》累々とはならず、倒された魔獣は次から次へと光となって消えていく。

「……さすがにほとんど肉弾戦だけではキツいな」

琥珀が暗に忍舞先輩を非難するように言った。

忍舞先輩はふてくされたような顔で俯いている。

雅美先輩は目を半ば閉じてうつむき、呼吸を整えていた。肩で息をしている。雅美先輩は自分一人でも二人分働こうと、猛烈な詠唱《えいしょう》速度で戦い続けていた。

一樹も似たようなもので、忍舞先輩が戦わない分を補うためにトロールと戦いながらも常に逆側のグリフィンとの戦況を気にし、ときには防御魔法を飛ばしていた。

一樹側のトロールはタフな魔獣だが一匹だったため、それも上手《うま》くいった。

一樹の苦労を余所《よそ》に、華玲が弾《はじ》けるような声をあげた。

「林崎一樹《はやしざきかずき》！　おまえの魔法はすごいな！　正義のヒーローみたいにここぞってときに飛んできてくれる！」

そして脳天気に「チームワーク♪　チームワーク♪」と一樹の片腕にじゃれついてくる。

よほどカルチャーショックだったらしい。

それを見て琥珀《こはく》が「む……！」と硬直した。

「他人にイライラしてばかりの某《それがし》に対して、そんなことよりまず一樹に素直に感謝しながら甘えてみせる。場を重くしてばかりの女と、男の気持ちを無邪気に軽くしてあげられる女……も、もしかしてこういうのが根元的な女子力というものの差なのか!?」

琥珀がなんだかわけのわからないことを計算しだした。

「琥珀、俺《おれ》は自分にも他人にも厳しいって人もストイックで好きだぞ。鼎《かなえ》もそういうタイプだし、いっしょにいて成長できる感じがするから」

「そ、そうか!?　本当か!?　いっしょに成長……それでは結納《ゆいのう》か!?」

「結納ではないな……」

「結納ではないか……」

琥珀はしゅんと肩を落とした。

「親友は結納なんてしないからな」

「親友という立ち位置が早くも辛《つら》くなってきた……」

「言っておくけどおまえまだ何一つ親友らしい行動とってないからな」

「早く嫁に行きたい……」

「どこへなりとも行ってしまえ」

「どうして某にはそんなひどいことを言うんだっ！」

「気の置けない親友だからな」

「あ、そうか。親友同士だから許される冗談なのか。そう言われると仲良し感がある」

琥珀は一樹のヘビーな軽口を受け止めてポジティブに笑った。素直なやつだった。

華玲《かりん》が目を輝かせた。

「おい、林崎一樹。おまえがどうしてもというなら私も友達になってやらないでもない！　チームワーク楽しかったからな！」

華玲は小動物のように一樹の腕にすりついてくる。

その華玲の行動を見て、琥珀はまたもや何やら苦悩しだした。

「ふ、ふしだらな……いや、今時の男女はこれぐらい普通なのか……？　ならば某も……」

琥珀は「ええい！」と意を決して逆の一樹の腕に抱きつき、すりすりしてくる。

「あ、おまえ何マネしてるんだ！　林崎一樹は私とチームワークするのに忙しいんだぞ！」

華玲も意味不明なことを言いながら対抗意識を燃やして一層すりついてくる。

そうなると琥珀《こはく》の負けん気にもさらに火がついた。

「「すりすり～！」」

……二人ともあまりふくよかという体つきじゃないから、そこまで強くされるとゴリゴりしてて痛い。

左右で激しく上下に揺れる二人は、まるで削岩機《さくがんき》のピストン動作のようだ。

「……ふん、バカらしい」

蚊帳《かや》の外になっていた忍舞《しのぶ》先輩が、吐き捨てるようにつぶやいた。

華玲《かりん》はビクっと怯《おび》えて動きを止めた。一樹《かずき》はそんな言い方ないだろうと思った。琥珀《こはく》は「反論できん」と急に冷静になったらしく反省しだした。

「忍舞、どうしてそう憎まれ口ばかりきくの！　みんなの輪を乱すようなことばかりして！」

雅美《みやび》先輩が、我慢を切らしたように声を張り上げた。

「どうしても何も……私と姉様には他人なんて必要ありません。二人だけで生きていけばいいんです」

「そんなの無理に決まってるじゃない！」

肩を震わせて、雅美先輩は瞳にじんわりと涙を浮かべた。その形相に、忍舞先輩はびくっと怯える。

雅美先輩は外の世界を求めてこのクエストへの参加を志望したのだ。もっと仲間が欲しくて。かつて虐げられていた自分が騎士として、世間のヒーローになりたくて。

そこに忍舞先輩がついていき、雅美先輩に近づこうというものを振り払おうとする。集団行動が前提のクエストにもかかわらず。

雅美《みやび》先輩は悲鳴のような言葉でまくしたてた。

「私とあなた二人だけで生きていけるなんて幻想よ！　誰《だれ》だって、私たちだって、見えないところで誰かの力を借りてこうして生きているわ！　それに恩返しをする意識を持たないと……社会ってそういうものだって、大人《おとな》になったら気づかないとだめでしょう!?」

「……ふん。見ようとしなければ、それは無いものと同じです」

「そんな生き方……！」

雅美先輩は忍舞《しのぶ》先輩を振り払うように背を向けて、一樹《かずき》にむぎゅっと抱きついた。

「真っ正面から!?」

横から一樹の両腕に抱きついている華玲《かりん》と琥珀《こはく》が、意表を突かれて声をあげる。

雅美先輩は真っ正面から二人よりも激しく一樹をすりすりした。二人とは違ってものすごくむにむにした。輝夜《かぐや》先輩の次ぐらいにグラマラスな先輩である。

「せ、先輩……そんなこれ見よがしに！」

一樹はつい甘い感触に惑いそうになりながら、慌てて忍舞先輩の表情を見た。

――一樹にくっつく姉の姿を見て、忍舞先輩の表情が悲痛に歪《ゆが》んでいた。

――凍った水面を思い切り踏みつけたように、ぱりんと何かが割れた。

そんな忍舞先輩の内面の感触が、なぜか一樹に伝わってきた。

忍舞先輩は一樹たちに背中を向けた。そして一気に駆け去って行った。

行く手が真っ暗で定《さだ》かでない、魔境《まきょう》の森の中へ。

おどろおどろしくうねる幹と幹の間の闇に、ぼんやりと魔導礼装《デコルテオブリージュ》の光を放つ忍舞先輩の背中が消えていく。

「私……間違ったこと言ってないもの……」

その背中を追いかけることを拒絶するように、一樹に抱きついたまま雅美先輩がぽつりと声を漏《も》らした。

そのまま双子の妹と離れ離れになってしまいたいとでも言いたげな声。

一樹は悲痛さに、胸がつぶれそうになった。

「……でも追いかけないといけません、ここは魔境です」

こんな口喧嘩《くちげんか》をしていられるほど、ここは暢気《のんき》な場所じゃない。

一人で駆け出していってしまうなんて……！

一樹はひっついたままのみんなをふりほどき、駆けだした。

†

足の速さでは一樹に分がある。忍舞先輩の背中はすぐに見えてきた。

そのまま追いつけるはずだ。すぐに。

すぐに。

だがそう思っている間に、急に視界が白くぼんやりと煙《けむ》り、忍舞先輩の背中が視界からかき消えた。白く——目の前のすべてが真っ白に埋め尽くされていく。

隣を走っているはずの琥珀《こはく》や華玲《かりん》の姿も、白くぼやけて消えていた。

後ろを振り向くと、少し遅れてついてきていたはずの雅美《みやび》先輩の姿も無い。

何が起こった……？　まるで夢の中を走っているような……。

違う。これは……魔力のこもった霧……？

一樹《かずき》は駆け足を緩めて周囲を見回した。

もはや一メートル先も定かではないほどの濃密な霧である。

「みんな！」と声をあげたが、返事はなかった。

まるで声が真綿《まわた》のような霧の中に吸収されてしまったかのように。

……こんな短時間に離れ離れになるはずがない。

最初からまったく別方向に走り出したりだとかでなければ。

『迷いの森』——不意に、頭の中に一つの単語が浮かび上がった。

富士の樹海《じゅかい》とは古来よりそういう森だ。一・つ・の・神・話・と言ってもい・い・。魔境《まきょう》や魔獣《まじゅう》は神話を模倣する。この魔境そのものや、あるいは魔境に巣くう魔獣が、その神話の力を持っていてもおかしくはない。

この霧は自然のものではなく魔力の霧だ。しかも侵入者である一樹たちがもっとも嫌なタイミングを見計らって発動した……。

一樹は胸騒ぎを抑えきれずに足を止めた。

このパーティーならこの程度の不和は一度や二度、必ず起こると思っていた。

だがその瞬間に、魔境にパーティーをバラバラにされるなんて邪魔が入るとは。

大和《やまと》や他の国からの妨害のことばかり考えすぎて、魔境それ自体を侮っていたかもしれない。そもそも龍瀧《りゅうたき》姉妹を連れてくるという判断も甘かったのかもしれない。

二人と仲良くなる良い機会だなんて……。

悔やんでいる暇もなく、目前の霧から魔力の塊《かたまり》が膨れ上がった。

霧の中から実体が生み出されたかのように、グリフィンが目の前に飛び出してきた。

一樹は刀を抜いてグリフィンの体当たりを受け止め、いなす。

……自分なら一人でもいくらでも魔獣と戦える。

だけど一人になった雅美先輩や忍舞《しのぶ》先輩がトロールに襲われたら……！

霧の向こう側に、さらに群れなすグリフィンの気配を感じた。

一樹は即断した。時間をかけていられない……やむを得ない！

「ソロモンの印《ゼコルベニ》！」

一樹は首元にペンダント型の魔導礼装《デコルテオブリージュ》を生み出し、そこに魔力を注ぎ込んだ。注ぎ込んだ魔力はフェニックスそのもののイメージとなって吸い込まれていく。

『ほぉ……躊躇《ためら》いなく使うんだな。石上神宮《じんぐう》ではあれだけ出し渋ったのに』

何を思ったか、レメが脳裏で一樹を揶揄《やゆ》する。久しぶりに口を開いたと思ったら……。

状況が違う！　それに出力をセーブしながら使う練習もした！

『そうでなくっちゃな！』

レメは一樹《かずき》がソロモンの印を使うことに、嬉《うれ》しそうに声を弾ませた。

「不死鳥礼装《モード・フェニックス》！」

ペンダントから炎が溢《あふ》れ出《だ》し、それが炎の鎧となって全身に纏《まと》われた。

一樹は絆《きずな》を結んだ数だけ魔導礼装《デコルテオブリージュ》を持つ。

同時に背中から炎の翼を長く伸ばした。これは魔導礼装ではなく――

「黄昏《たそがれ》から暁へと飛翔《ひしょう》する不死鳥よ、その希望の翼を我が背に授けたまえ！　再生のための破壊をここに……！　灰燼帰す緋色の翼《ブレイジングウィングス》!!」

フェニックスのレベル５魔法で生成した大きな炎の翼で、目の前のグリフィンを、霧の中に潜《ひそ》んでいるその向こうのグリフィンたちも、振り払う。

炎の熱で周囲の霧がわずかに薄れた。一樹は炎をはためかせて霧を拡散させながら、木々と木々の間を器用に縫って飛んでいく。みんなの居場所を感じ取ろうと、絆のつながりに集中した。

好感度55の雅美《みやび》先輩と好感度48の華玲《かりん》の居場所は、他の仲間たちと違ってはっきり感じ取れない。ましてや好感度２の忍舞《しのぶ》先輩は、言葉通り『霧の中』だ。

――寂しい。

不意に、一樹の頭の中に小さく声が響いた。忍舞先輩の声だ。

声を感じた瞬間、感じ取れるはずのない忍舞先輩の座標がぼんやりと輝きだした。

――寂しい。

これは……雅美先輩にまで『拒絶』されて一人きりになった忍舞先輩の心の声だ。

一樹は思わず周囲の霧を見回した。この声はどこから聞こえてくるのか……。

あたりの霧は魔力を宿しており、肌に触れるだけでなく精神にひりつくような独特の感触がある。一樹も、忍舞先輩も、この霧の中にいる。

霧の中に忍舞先輩の気持ちが流れ込み、一樹に伝えているかのように思えた。

寂しいという強すぎる気持ちが、無意識に霧の中に滲《にじ》み出たのだ。

魔力の霧を通じて、一樹と忍舞先輩はある意味つながっているのだ。

――寂しい。

寂しさは、精神感応魔法の力を強く育む。小雪《こゆき》がそうだったように、忍舞先輩も孤独な環境が強い感応《かんのう》力を育てたのかもしれない。

忍舞先輩は今、心の奥底で、誰《だれ》かを強く求めている。

一心同体のはずの雅美先輩に嫌われたと思って。

一樹は座標が示す方向に、全力で翼を羽ばたかせた。

――私と姉様はずっといっしょ。そっくりの双子なんだから。

木々の間を翔《か》ける一樹に、魔力光を宿した霧が言葉を伝え続ける。

幼い子供のような忍舞先輩の心の声だった。

一樹《かずき》はこれまで忍舞《しのぶ》先輩の気持ちを理解しようと努めてきたが、それは難しいことだった。だが霧は明け透けにその心情を語り始めた。

——どうして。どうしてみんな姉様にそんな冷たい目を向けるの？

——父さんや母さんまで……。誰《だれ》も彼もみんな……。

それは世の中にエルフが生まれた当時、あらゆる場所で起こったに違いない悲劇だった。

——どうして姉様に近づくな、なんて言うの？

——そんなのおかしい。そんなの正しいことのはずない。理不尽だ。

——そんな残酷なこと言う人たち、嫌いだ。そういう人たちからこそ、離れてやる。

大人《おとな》には想像もできないような剥《む》き出しの正義感が、世界すべてへの嫌悪に変わった。

——誰も彼も、私と姉様から離れていく。

——姉様が泣いてしまう。

——泣かないで。

——違うよ。姉様のせいじゃない。

『じゃあどうして？』

よく似た、別の声が霧の中に滲《にじ》んだ。

——私のせいだよ。

——姉様の髪の毛はキラキラ輝いて綺麗《きれい》だもの。

——だけど私の髪の毛は、真っ黒で汚らしいから。

――姉様の耳はツンと長く伸びて綺麗だもの。

――だけど私の耳はでこぼこして醜いから。

――姉様のせいじゃない。

――姉様のせいじゃない姉様のせいじゃない。姉様は、エルフなんかじゃない。

――だって許せないものこんな理不尽。

――姉様じゃなくて全部私が悪いの。

自分に言い聞かせる言葉は、自分自身の心に不可逆に染み込んでいく。

そうして強固な世界が形成される。

――私と姉様だけの世界……。

自分自身に言い聞かせるための言葉は、必ずしも相手には伝わらないのに。

忍舞先輩はいつの間にか雅美《みやび》先輩を通じて、自分しか見えないようになっていた。

だから、やがてすれ違う。

『私のこと大事、大事って言うくせに、どうして私の言うことを聞いてくれないのよ！』

霧の中の世界がガラガラと崩れ落ちるような、つんざくような声。

強固に完成されたはずの世界が、揺らぐ。忍舞先輩の心が悲鳴をあげた。

――どうして……どうしてって……。

――だってそれを信じたら、この世界が毀《こわ》れてしまうから。

――姉様は何も悪くない。

――私と私を虐《いじ》める呪わしい他人たちすべてが悪いという、完璧な世界が毀《こわ》れてしまう。

――どうして姉様はこの世界から出ていきたがるの。

――あんな奴《やつ》らとのつながりを求めだしたの。

――寂しいよ。

――本当は。

――本当は……姉様が……。


――本当は姉様が全部悪いのに。


一樹《かずき》は炎の翼を畳んだ。霧が立ちこめる森の中に、小さくしゃがみこむ背中が見えた。

マルコシアスの魔導礼装《デコルテオブリージュ》をまとった忍舞《しのぶ》先輩は、神話に語られた子狼のようだった。

「忍舞先輩は優しすぎたんですね」

一樹の呼びかけに、彼女は跳ね上がるように立ち上がり、振り向いた。

そして周囲の霧がほのかに青く、魔力の湿気を帯びていることに気付き、一樹の言葉を理解したふうだった。

「この光……まさか人の心を勝手に！」

「先輩から伝えてきたんです」

「だとしても……！」

忍舞先輩は前に踏み込んで、一樹の頬《ほお》をパンと張った。

「もう誰《だれ》も雅美《みやび》先輩や忍舞先輩のことを傷つける人はいません。昔は世間はエルフを誤解していて、そういうタイミングだっただけなんです」

「エルフだなんて……そんなの姉様とは関係ないッ！」

もう一発、忍舞先輩は一樹の逆の頬を張った。一樹はされるがままになった。

彼女はそう言うけれど。

——本当は姉様が全部悪いのに。

忍舞先輩は、内心では双子の姉に起きたことをすべて理解できてしまっている。

頬を打たれても何も言わない一樹に、忍舞先輩は瞳にじわりと涙を浮かべ、その場からきびすを返した。雅美先輩を探しに行こうというのだろう。

一樹はその肩をつかんで、半ば抱き寄せるように押さえつけた。

「俺《おれ》もいっしょに探します」

「貴様の協力なんていらない！」

「先輩一人じゃ見つけ出せない！」

一樹の強い言葉に、忍舞先輩の肩が激しく揺れた。

「俺は雅美先輩の居場所を、漠然《ばくぜん》とだけど感じ取る力があります」

「貴様の力なんて借りない！　どんなに時間がかかったって、私が、私の力で……」

「雅美先輩が一人のところをあのトロールのような魔獣《まじゅう》が襲ったらどうなるんですか！」

忍舞《しのぶ》先輩の肩が揺れる。雅美《みやび》先輩の実力なら、時間ぐらいは稼げるだろう。だが時間がかかればさらに別の魔獣《まじゅう》が加勢にくる。

どうなるもこうなるもない。死ぬのだ。

魔境《まきょう》は大和《やまと》との戦場なんかよりも遙《はる》かにそれが起こる場所だ。

一樹《かずき》一人で雅美先輩を探しに行くわけにもいかない。忍舞先輩にしたって一人でいたら同じことだ。一樹と忍舞先輩はいっしょにいなければならない。

命に関わることだ。一樹は語気を強めた。

「俺《おれ》も雅美先輩を助けたいんです。世界は雅美先輩の敵だけしかいないわけじゃない。今こそそれを信じないと雅美先輩が危険なときです」

忍舞先輩は打ちのめされたように俯《うつむ》いた。その両肩から、しなしなと力が抜ける。

「忍舞先輩が俺を信じられないなら……双子の姉妹のどちらかが死ぬことになる！」

一樹は掴《つか》んだ肩を離して、「こっちに雅美先輩がいます」と歩き出した。

そう言われれば、忍舞先輩は他に行くべき方向などない。

一樹が走り出すと忍舞先輩はとぼとぼと——しかし距離が離れそうになると慌ててついてきた。一樹がペースを速めても、忍舞先輩は黒い狼《おおかみ》のように疾駆《しっく》してぴったりと後ろについてくる。一樹はやっと安堵《あんど》を感じた。後はとにかく急ぐだけだ。

——やがて数分も走ると、霧の向こう側から闘争の物音が聞こえてきた。

何かがぶつかり合う殴打《おうだ》音、樹木が勢いよく倒壊《とうかい》する音、地響き。

何匹ものトロールが暴れ回っていることが、一聴して理解できた。

ちらりと振り向くと、忍舞先輩は状況をありありと想像して青ざめていた。

かすかに雅美先輩の悲鳴が、混沌《こんとん》たる物音に混じった。

「雅美先輩！」

一樹は霧の向こう側にいるだろう雅美先輩に呼びかける。

同時に再びソロモンの印に火を入れて、不死鳥礼装《モード・フェニックス》を展開した。

背後から忍舞先輩が息を飲んで驚いた気配がした。彼女は一樹のこの力を初めて見るはずだ。一樹が誰《だれ》も彼も欲張って守ろうとするのは、伊達《だて》ではない。

この能力《ちから》を、みんなのために使いこなさなければならない。

「翼舞わせて散らすは火花、螺旋《らせん》の風をたなびかせ、生命穿《うが》つ弾丸となれ！　羽撃《はばた》きよ、火花の嵐を舞い起こせ！　連装螺旋華《トライ・バレット》!!」

即座《そくざ》に炎の弾丸を抜き撃《う》つ。お馴染《なじ》みの螺旋華はソロモンの印の効力で詠唱《えいしょう》時間が短縮され、連射の属性を獲得する。その一発一発は霧の向こうの雅美先輩を正確に避けてトロールの群れだけに命中した。霧で視界が遮《さえぎ》られても一樹には魔力の動きを影絵のように感じ取って敵味方の位置関係を把握《はあく》することができる。

「灰燼帰す緋色の翼《ブレイジングヴィングス》！」

炎の連射弾で牽制《けんせい》しながら炎の翼をはためかせ、トロールの群れの中に突入する。群れの真ん中で炎の翼を広げて暴れ、まさに炎の竜巻と化した。トロールは身を焼かれる苦痛に悶《もだ》えながらデタラメに棍棒《こんぼう》を振り回すが、一樹《かずき》はそれをすれ違いに交わしてはトロールの手首を道風《どうふう》で斬り裂く。血潮が噴き上がっては魔力光に変わって散り消えた。

「炎と氷の支配者よ、紅蓮《ぐれん》の写し身を解き放て……火影の毛皮を逆立たせ、赤熱の牙《きば》を突き立てろ！　烽火の群狼《クリムソン・ウルフパック》!!」

忍舞《しのぶ》先輩も一樹を援護するかのように攻撃魔法を飛ばした。

いくつもの炎を撃《う》ち出すと、それは狼《おおかみ》の形となってトロールに群をなして襲いかかる。

「天堂の光をその身に宿す極楽鳥よ、我が告訴《こくそ》に応じて地上の罪を焼き払え！　裁きの極《イーサリアル・》光《ジャッジメント》!!」

一樹は忍舞先輩の攻撃魔法に合わせて極光を背中に背負い、超高温のレーザーを発射した。熱線はトロールにダメージを与えるだけでなく、炎の狼たちをより活発化させる。

「忍舞！　それに一樹……！」

二人の雪崩《なだ》れ撃つような連携に、トロールたちが怯《ひる》んだ。

その隙《すき》に一樹はトロールの群れの中で半ば倒れる雅美《みやび》先輩の姿を見つけ出し、炎の翼をはためかせてその傍《そば》に降り立った。

獲物を奪おうとする一樹に、トロールたちが一斉に棍棒を振り下ろそうとする。

「炎と氷の支配者よ、冷たき写し身を解き放て……細雪《ささめゆき》の毛を逆立たせ、氷柱《つらら》の牙を突き立てろ！　氷白の群狼《アイスブルー・ウルフパック》！」

忍舞先輩が氷の狼を放ち、トロールの攻撃を食い止めて救出を援護《えんご》した。

「雅美先輩、大丈夫ですか」一樹は抱き上げた腕の中で、雅美先輩の状態を確認する。

「え、ええ」と一樹の腕の中で先輩は頷《うなず》いた。いくらかダメージと精神的な疲労を負っている様子だが、大事は無さそうだ。

炎と氷の狼たちがトロールたちを食い殺し、一掃させた。

後衛で呪文詠唱《えいしょう》に専念できれば忍舞先輩の強さはさすがのものだ。

静けさを取り戻した地上に、一樹は雅美先輩を降ろす。

雅美先輩は優れた抵抗技術で耐えながら自らに『月光歌』をかけ、精神攻撃魔法で敵の攻勢を弱めつつ、上手《うま》く逃げていたのだろう。

ついに囲まれたというタイミングで助けが間に合ったのは僥倖《ぎょうこう》だった。

「忍舞、一樹、ありがとう。それから……忍舞、さっきはごめんなさい」

雅美先輩が一樹に頭を下げ、そして忍舞先輩に歩み寄った。

忍舞先輩はどんな顔をすればいいか迷うように俯《うつむ》いて黙った。

「さっき霧の中で考え込んでしまっていたの。誰《だれ》かから声が聞こえた気がして……」

――本当は姉様が全部悪いのに。

「ごめんね、忍舞……もともとは私が全部悪くて、あなたはそれでもずっと私といっしょにいてくれたのに。でもやっぱり誤解とタイミングの問題でしかないのよ。今はもう……私を虐《いじ》める人はいないわ」

だから外の世界に目を向けたいと、雅美《みやび》先輩は改めて言った。

「でも……大好きな姉様が他の人に目を向けるのは我慢できない……」

忍舞《しのぶ》先輩がぽつりとつぶやく。俯《うつむ》いている瞳から涙がこぼれそうだった。

ギロリと再び一樹《かずき》に強い視線を向ける。

「それはあなたの目が広くを見られていないままだからよ」

「……私にも、それが必要なの？」

忍舞先輩は一樹を睨《にら》みながら問うた。その心のうちに嵐が渦巻いているのが一樹にも伝わった。ずっと意地でも曲げずにきたものを曲げなければならないという嵐。

人前で生き方を曲げるのは——間違いを認めるのは難しい。

「そうよ、必要よ」

雅美先輩は断じた。

『この子も今、感じたはずよ。こんなに自分のことを思いやって言葉をかけてくれた人は、この十数年であなたが初めてだって』

戦地へ向かうバスの中で雅美先輩が口にした言葉が、一樹の頭の中に浮かび上がった。

忍舞先輩がその言葉を思い返していたから、霧を通じて一樹にも伝わった。

「もしも……もしも私にも他人が必要だと言うなら。それは……」

一樹を睨む忍舞先輩の視線が、雰囲気を変えた。

湿度が変わり、そのうちにこもる気持ちが、『氷解』した。

「一樹。……今まで、ごめんなさい」

ハートマークが飛ぶでもなく、忍舞先輩の好感度が数字だけするっと変化した。

龍瀧《りゆうたき》忍舞――38

一樹はたじろいだ。今まで好感度が2だったのが、一気に急増した。

頭の中でレメが一樹の疑問を補った。

『今まで好感度が2だったのは、誰《だれ》にも心を許すまいと心を強く抑圧していた結果だったんだろう。その抑圧が取り去られれば、一気に数字が上がる……いや、本来の数字に戻る。だって別に、もともとそいつから嫌われる理由なんてなかっただろ？』

そういえば光《ひかる》先輩も自分を男性的と思いこもうとしていたことで、一樹への好感度が抑《よく》制《せい》されていたことがあった。

好感度は少しずつ増えるばかりでなく、電撃的に変化することもある。

一樹は勇気を持って忍舞先輩に歩み寄った。

「忍舞先輩、俺《おれ》と友達になりましょう」

「そんなの、何をすればいいのかわからない」

忍舞先輩は一樹から目を逸《そ》らし、戸惑った。

眉間から力が抜けた忍舞先輩は、子供のように無垢《むく》な顔つきをしていた。

「今までのこと、気にしてない……？」

「気にしてないです。あとで一緒にお弁当食べましょう。みんなの分作ってきたんです」

「まぁ」と雅美《みやび》先輩が目と口を丸くした。

「クエストだけど兵糧《ひょうろう》は必要ですからね」

「でも手ぶらじゃない」

「華玲《かりん》に預かってもらってます。だから、まずは華玲と琥珀《こはく》を見つけださないと」

「……あの子も荷物なんて持ちながら戦っていたかしら」

雅美先輩が不思議そうに首を傾《かし》げる。

忍舞《しのぶ》先輩は魔導礼装《デコルテオブリージュ》で露出したおへそに手のひらをあてがった。

「……おなかすいた」

「この子、とっても食いしん坊なのよ」

雅美先輩が涼《すず》やかに笑った。苦悩から解放された涼やかさだった。その胸から、黄金の鍵の虚像《アバター》が浮かび上がって一樹《かずき》の左手の聖痕《スティグマ》に吸い込まれる。

龍瀧《りゅうたき》雅美——65

雅美先輩の好感度を『50』にとどめていた抑圧も消えた。雅美先輩も、忍舞先輩を放って一樹を好きになるわけにはいかないと自らの心を抑圧していたのだ。

黄金の鍵——先輩との絆《きずな》が確かなつながりとして結ばれた瞬間だった。

「……今なら心からの気持ちで……一樹を誘惑《ゆうわく》できるわ」

雅美先輩が一樹の腕に抱きついてきた。

そしてむにゅむにゅと、薄い魔導礼装のドレス越しの胸を一樹の二の腕に押しつける。

「先輩、嬉《うれ》しいけど、魔境《まきょう》のただ中で何をやってるんですか」

「ふふふ、一樹の赤い顔、かわいいわ。何だか心に本当の余裕が出来たみたい」

それはまぁ、顔ぐらいは赤くなる。そういう雅美先輩の顔も赤い。

「友達になるにはそうすればいいの？　あの二人もすりすりってやってたけど」

忍舞先輩がもう片側の一樹の腕に抱きついて、露出の大きい下着じみた魔導礼装の胸をむにゅむにゅ押しつけてくる。

「忍舞先輩まで……！　こ、これが姉妹丼!?」

「慌てる一樹の顔かわいい♪　ちゅっ」

雅美先輩が一樹の頬《ほお》にキスをする。

「私も姉様の真似《まね》する……ちゅっ」

忍舞先輩も無垢《むく》な顔つきで一樹の逆の頬にキスをした。

雅美先輩の大胆な行為に引っ張られるように、忍舞先輩の好感度も上がる。

「……これ、何だか頭がぼーっとして気持ちいい」

「女の子は男の子にくっつくと、気持ちいいものなのよ。頼もしいでしょ？」

「そうなの姉様？　……悪くない」

二人は両脇から胸を押しつけながら、ちゅっちゅと頬へのキスを繰り返した。

「……先輩たち！」一樹はしばらく呆然《ぼうぜん》とそれを堪能してしまったが、慌てて気持ちを引き締めた。「琥珀や華玲も一応ピンチかもしれないんですから、行きますよ！」

一樹《かずき》が華玲《かりん》の座標を目指して歩き出すと、やがて霧の向こうから言い争うような声がした。一樹たちは緊張感がいっそう抜けるのを感じた。

「某《それがし》が先駆ける！」

「私の方が強いから私が前衛になるっ！　おまえがサポートしろ！」

「そっちは召喚《しょうかん》魔法が使えるだろう！　適材適所を考えろ！」

「おまえだって刀から何かブーン！って出るだろ！　ブーンって!!」

華玲と琥珀《こはく》は運良く霧の中でも自然と合流できたようだった。二人はともに遠近自在の戦い方が出来る。だからこそ二人について一樹はほとんど心配していなかったのだが、二人は万能タイプゆえにどちらが前衛につくかを言い争っているようだ。

無益な争いだった。一樹は茂みをかき分けて二人の傍《そば》に寄って、背後から声をかけた。

「二人とも俺《おれ》といっしょに前衛だ。先輩たちが援護《えんご》してくれるから」

二人はギョッとした顔で振り向いた。

「何を言い争ってるんだよ。華玲と琥珀なら変に話し合うよりも何も考えずに戦った方が勝手に噛《か》み合うだろ」

「林崎《はやしざき》一樹！　それがなそれがな、あれ見ろ！　魔境《まきょう》の主《ぬし》だぞ！」

華玲が突然あらぬ方向を指さし、一樹は「え？」と意表を突かれて目で追った。

華玲が指さす方向は、霧で埋もれて真っ白だった。だがその霧の中にうっすらと、ゴッゴツとした巨大な魔獣《まじゅう》のシルエットが浮かび上がっていた。

よく見えないが、これでひとつの生物だとするなら相当でかそうだ。

さらに魔力を込めて目を凝《こ》らす。その岩のようにゴツゴツした身体の至る所に噴射口のようなものがあり、そこからプシューと霧が放出されている様子だった。

かなり鈍感なのか、霧を出すのに集中しているのか、こちらの物音にはまったく頓着していない。

「……あれがこの霧の発生源なのか!?」

一樹の問いかけに、華玲がコクコクと頷《うなず》く。

「あれを倒すための作戦会議をしてたんだ！　でもみんな集まったなら話が早いな！」

華玲がそう胸を張る。あの言い争いを会議といっていいかは疑問だ。

「援護か……当てに出来るのか？」

琥珀が疑わしい視線を忍舞《しのぶ》先輩に向ける。

忍舞先輩は罪悪感で胸を潰したような顔でうつむいてしまった。

「大丈夫だよ」

琥珀の疑いはもっともだが、一樹は自分が責任を持つつもりで強く言い切った。

「そうか、一樹がそう言うなら大丈夫なんだろう」

琥珀がすんなり納得すると、雅美《みやび》先輩がほっと安堵《あんど》の息をついて忍舞先輩の肩を抱いた。

忍舞先輩が一樹をじっと見つめて、一樹に小さなハートマークを飛ばした。

かばってもらえたのが嬉《うれ》しかったようだった。

「行こう。このメンバーがちゃんと噛《か》み合えば魔獣《まじゅう》になんてそうそう負けたりしない」

一樹《かずき》はそう呼びかけて、霧に浮かぶ魔獣のシルエットに一歩を踏み出した。


間近で見るとなおさら巨大だった。全身についたフジツボのような噴射口が、絶え間なく白い霧を吐き続けている。動きはのっそりと緩慢で、うっかりすると岩山と見過ごしてしまいそうだった。

先鋒《せんぽう》を切った琥珀《こはく》の刃や華玲《かりん》の拳《こぶし》は、岩石の表皮に容易《たやす》く弾《はじ》き返された。

一樹は昔スライムに苦戦したときのことを思い出した。リズリザ先生の助言――一見してファンタジーの生き物でも、意外と現実の生物のルールにしたがっているものだ。

岩石の塊《かたまり》がただ動いているわけではない。

内部には生きるために必要な機能や神経が存在している。

「華玲！　浸透勁《しんとうけい》っぽく殴《たた》れ!!」

華玲は表面を叩くのではなく内部に衝撃を伝える攻撃に動きを切り替えた。

「くっ……某《それがし》は受けに専念する！」

琥珀は巨大化させた〈太郎太刀《たろうだち》〉で巨人のパンチを受け止め、華玲を守った。

「こいつ……知能があまりないわね」

雅美《みやび》先輩は精神魔法を試みて、すぐに取りやめた。

「一樹、こいつには私の攻撃魔法もあまり効かない。どうすればいいか、教えて」

忍舞《しのぶ》先輩も低く唸《うな》るような声で言い、一樹に頼るような視線を向けた。

マルコシアスは熱と冷気を操る獣だ。しかし岩石に冷気は通用せず、生半可な熱で岩石の表面を溶かしてもその活動に支障は出ないだろう。

「バベルの高みにこの手を伸ばし、今この手に神の落雷を握りしめん！　我が命に従い、稲妻《いなづま》よ、意のまま渦巻け！　超電磁結界《コレダーフィールド》!!」

プロメテウスの武装召喚《しょうかん》魔法――一樹は右腕に大型の機械籠手《ガントレット》を装着した。その籠手《こて》は電気のエネルギーをチャージし、放電する。

岩石の巨人の攻勢が止まった。全身の神経が電流で焼かれ、ゴツゴツとした四肢《しし》をブルブルと震わせる。

「俺《おれ》たちで動きを止めるから、先輩たちは合体魔法を！」

――グレモリーとマルコシアスという特殊な絆《きずな》で結ばれた二柱《ふたはしら》は、ソロモン72柱で唯一、合体魔法を使うことが出来る。だが合体魔法は二人揃《そろ》って長い詠唱《えいしょう》に呼吸を合わせなければならないため、隙《すき》が多い。仲間のサポートと信頼が、必要不可欠だ。

雅美先輩と忍舞先輩は迷うことなく詠唱に入った。

二人で手の平《ひら》と手の平を合わせて、外界を拒絶するように目を閉じ集中する。

外の世界から目を閉じる――これまでとはまるで正反対の違った意味で。

周りが守ってくれると信じるから、二人は目を閉じる。

「我はバベルの高みに手を伸ばせし制圧者なり！　我が命に従い稲妻《いなづま》よ、人類の蛮勇《ばんゆう》を賞賛せよ！　電磁突撃槍《ブリッツクリーク》!!」

一樹《かずき》はさらにプロメテウスの魔法を重ねがけした。すでに装着している籠手《こて》の先に、巨大な突撃槍《ランス》が装着される。籠手の電力がその先端に注ぎ込まれた。

「一樹！　そのロボット槍《やり》、貸して貸して!!」

華玲《かりん》が目を輝かせてねだった。

「何か考えがあるんだろうな!?」

一樹は籠手を外し、華玲の細い腕に装着させた。突撃槍は華玲の背丈よりも長く、ひどくアンバランスに見える。だが華玲はイキイキと叫んだ。

「八極の極意は槍にあり！　見せてやるぞ、静姉《しずか》さん仕込みの〈八極大槍《はっきょくだいそう》〉を!!」

華玲は強烈に地面を踏みしめ、その踏ん張りを全身の捻《ひね》りによって余すところなく両腕に伝えこみ勢い良く大槍を振るった。

中国拳法の『突き』は大槍を振るう『突き』と酷似している。

いや、それらはもともと同じものなのだ。

「ハァア!!」

小さな身体が生み出す大砲のような衝撃が、相手の巨体を揺るがした。切っ先が生み出す電流が巨人の動きを止めた。

「華玲、噴射口を狙え！」

華玲の身長では、そのままでは巨人の噴射口まで届かない。だが……、

「天は蒼々《あおあお》、風吹き草垂《た》れ天狐《きつね》は踊り、陣雲を裂く……風乗り飯綱《いづな》！」

槍を構える華玲の背に艶《あで》やかな妖狐——玉藻前《たまものまえ》の虚像《アバター》が浮かび上がり、華玲の周囲に風が巻き起こった。風は一方向に集束し、華玲の小さな身体を一気に空中に放り上げた。華玲は風をすいすいと泳いで空を飛び、巨人の死角へと回り込む。

風を・・・強く踏みしめて、華玲は大槍を振るった。

「我が腕《かいな》を伝い流星となれ！〈浸透衝《しんとうえい》〉!!」

まさしく流星の勢いの矛先が噴射口にねじ込まれた。噴射口の周りに放射状のヒビが走り、内部奥深くに電流が走る。

「華玲、離脱《りだつ》しろ！」

巨人が動きを硬直させ、先輩たちの魔力の高まりが極まったのを感じると、一樹は声を張り上げた。華玲は飛行機雲のように巨人から飛び離れていく。

「「罪深き者の頭上にも輝きたる月よ、その母性の光を怒りに変えて、この地上を圧《お》し潰せ！　落月の悪夢をここに……恐慌落月破《ムーンストライク》!!」」

大魔法が発動した。天に向かって狼《おおかみ》の遠吠《とおぼ》えが響き渡り、頭上の木々に遮《さえぎ》られていた青空がいっそう真っ暗になった——遙《はる》かな月が迫り落ち、空を覆い尽くす。

魔力によって模造された月の墜落《ついらく》は、空気を圧し潰して発生する断熱圧縮によって燃える隕石《いんせき》となり、周囲の木々を燃やしながら巨人の上に落ちた。圧倒的な熱と巨大質量が一

息に巨人を砕き、溶かし、魔力の光に分解していく。

「……やった！」一樹《かずき》が声を漏《も》らす。雅美《みやび》先輩と忍舞《しのぶ》先輩が一樹の両脇に駆け寄って、二人でちゅっと一樹の頬《ほお》にキスをした。

「な、何を⁉」と琥珀《こはく》が目を剥《む》いて驚愕《きょうがく》した。

周囲の霧が一斉に晴れ、周囲の魔境《まきょう》の風景が大自然本来の色彩を取り戻した。

一樹たちは立ちすくんだ。

霧が晴れた瞬間、目の前に天を衝《つ》く巨大な壁が姿を現した。

いつの間にかドーナツ形のレベル１エリアのもっとも内周にまで来ていたらしい。足元には傾斜がかかっている。霧の中、少しずつ山道となっていた。

それだけならば驚かないが、目の前の壁には四方形に継ぎ目が入った扉と、その横に聖痕《スティグマ》認証装置が備わっていた。それはまさしくレベル２へと続く、門《ゲート》だった。

あの魔獣《まじゅう》は霧で門を覆い隠し、門を守護していたのだ。

†

三人の仲間を腹の底に収めて、巨大な蛇は地中奥深くを潜行した。

都市の下に潜《ひそ》む入り組んだ地下インフラ設備——ガス管や水道、送電線よりもさらに地下深くの地殻を、世界蛇《ミッドガルズオルム》は掘るというより半ば同化しながら進んでいく。

目印らしきものの何もない岩石の海の中だが、大地と同化している蛇は自分の進む先を超常的な感覚で把握《はあく》していた。

やがて富士の樹海《じゅかい》を覆う壁の地下を、悠々と突破した。

壁はやはり、ここまで深くは続いていなかった。

魔境の地下は、魔境ではない。魔境が発生するのは人間の領域のみである。地底はそこに含まれないため、魔境に変化しない。ゆえに蛇は魔獣に邪魔されることもなく進む。

ロキは『三種の神器があるのはレベル２か３のどちらかだろう』と言っていた。

あの『忘れられし英雄』が存命していた古い時代にすでに三種の神器が発生していたなら、そういうことになる。レベル１は近年に拡大した範囲だからだ。

それが最初からわかっているのが、あの時代の当事者たるロキのアドバンテージだった。

ロキが余裕の笑みを浮かべるのも当然と言えた。

次の壁の地下も抜けて、レベル２のエリアに潜り込む。

さらに奥……蛇たちは最深部のレベル３から探索《たんさく》を始めるつもりでいた。

林崎《はやしざき》一樹たちはグズグズとレベル１を探索している間に、なにも気づかないまますべての神器を奪われることになるだろう。

ロキの言いつけを守りながら、三枚目の壁も潜り抜《ぬ》ける――ガコン。

ガコン。世界蛇は信じがたい感触を顔面に感じた。

地面を進む自分の顔面に、岩盤がぶつかった。その岩盤と同化して前に進むことができない。これ以上先に進めない！

動揺しながら、蛇は現在の位置を感じ取る。ここは、ちょうど三枚目の壁の下だ。

自分の大地との同化を妨げているのは、封印魔法。封印魔法がかかっている。

地上の壁から地下にまで続く巨大な封印魔法で、大魔境《まきょう》のレベル3は守られている！

世界蛇は仕方なくその身を90度上に折り曲げて、地上へと浮上した。

地面から顔を出し、見る見るうちにその全貌を露《あら》わにしていく——地上に出た世界蛇はあたかも灯台のようだった。

その巨体が悶《もだ》え、のたうちながら、腹の中に収めていた三人の仲間を吐き出す。

移香斎《いこうさい》、ヘル、ナイアラー子の三人である。

「最悪な旅路《たびじ》だったな」

移香斎はしかめっ面をした。世界蛇の体液は、北欧神話においてあのトールに止《とど》めをさしたという逸話もある強力な毒である。もちろんすべて念動魔法《サイコキネシス》で弾《はじ》いていたが、それでもピンク色のグロテスクな粘膜に何時間も包まれての移動は気持ちがいいものではない。

世界蛇は人型に戻り、ロキの手勢《てぜい》にお馴染《なじ》みの黒ローブ姿になった。かつての世界蛇は男に宿っていたが、今の宿主は女である。

口から吐き出されたヘルも、同様に黒ローブ姿の女である。……正確には『世界蛇を憑《ひょう》依《い》させた女』『ヘルを憑依させた女』と呼ぶべきだが、ロキたちはすでに元の人格をないも当然と考えているため、そのまま『世界蛇』『ヘル』と呼んでいる。

世界蛇とヘルはロキから生み出された実子であり、ロキのもっとも信頼できる配下だ。あたりには肌を刺すように濃密な魔力が漂い、真っ黒に染まった木々が鬱蒼《うっそう》と生い茂っていた。頭上を多う枝葉で空はほとんど見渡せず、昼間にもかかわらず、電気を消した室内のようだ。大魔境のレベル2である。

移香斎たちは次に、不審な思いで自分たちを遮《さえぎ》った壁を見つめた。

この大魔境でもっとも古い壁である。『忘れられし英雄』が活躍していた時代に、人間たちが儚《はかな》い抵抗として魔境を囲んだコンクリート壁。

ただのコンクリートだ。しかもすでにだいぶ老朽化《ろうきゅうか》している。

だが得体の知れない封印魔法が、コンクリートを強力に押し固めている感触がする。

四人で力を合わせても破壊は困難だろう。そんなに強力な魔力を発したら、さすがに自分たちの存在がバレる恐れもある。移香斎は仕方なく壁に背を向けた。

「そ、それでどうするの……？」

ナイアラー子がおどおどと移香斎にたずねた。もともとが孤児の彼女は、人見知りだ。香耶《かや》から突然移香斎についていけと命令されて、困惑しきっている。

パンクファッションに身を包んだエルフの少女である。エルフ特有の肌は真っ黒に染まり、その長い耳を黒いフードを被《かぶ》って隠している。

彼女のうちには、あのナイアーラトテップの残滓《ざんし》が宿っている。その力は少しずつ復活しつつあるが、彼女はその力を飼い慣らして自在に使いこなそうとしているのだ。

「とりあえず、とっととこのレベル2で神器を探すぞ」

「待て……。その前に……」と、逸《はや》る移香斎《いこうさい》の肩をヘルが押し留《とど》めた。

見た目はまだ二十歳ほどだが、その声は老婆《ろうば》のようにしわがれている。

「この領域を……我が領域とする」

ヘルは憑依《ひょうい》魔法使い特有のごく短い呪文を詠唱《えいしょう》し、即座《そくざ》に効果を発動させた。

「……慰めなき者どもよ、名誉なき者どもよ、大地のしとねより立ち上がれ……輝く災い《ブリーキンダベル》」

どろりと、ヘルの全身から粘液のようにねとついた黒い魔力が流れ落ちた。

黒い魔力はどろどろどろどろ！と、凄《すさ》まじい速さで地面を覆い尽くし広がっていき、魔《ま》境《きょう》の地面に浸透していった。

「……何をした？」

移香斎がそうつぶやく。ヘルは返事をせずにニタリと口角を釣り上げた。

魔境のあちらこちらの地面が、不意に盛り上がった。

その盛り上がりから腕が、頭が、人間の上半身が生え伸びてくる。

硬い地面から——青白い肌をした『死者』が、次から次へと這《は》い出てきた。

まるで春につくしが顔を出すように、魔境の腐った土から死者が芽吹く。

彼らはまさしく幽鬼のごとき足取りで、ふらふらと木々の間に彷徨《さまよ》っていった。

「富士の樹海《じゅかい》はかつて自殺の名所として知られていた……我が能力と強く噛《か》み合う……」

ヘルが目の前の風景を移香斎に説明した。

「我が『輝く災い《ブリーキンダベル》』は境界線を開く力……名誉なき死者を呼び戻し、再び名誉を得る機会を与える力……」

北欧神話において名誉ある死を遂げたものはオーディンの下に召され、そうでない死者たちはヘルの下に召されるとされている。

彼らは不慮の死を悔やみ、名誉を求めている。ヘルはそれを操る力があるのだ。

「私は死者と感覚を共有できる……林崎一樹《はやしざきかずき》がこのレベル2に踏み込んできたら、すぐに察知できよう……。死者と戦わせて侵入を察知できるとなれば、我々は気兼ねなく神器探しに集中できる……」

「……ふん、趣味の悪い魔法だな。だが確かにありがたい話だ」

「時間を稼げたらいいの？　だったら……」

ナイアラー子が顔を上げて言った。

それから瞳を閉じて魔力に集中する。彼女に宿る、『暗黒神話体系《クトゥルフ》』の魔法だ。

「冒涜《ぼうとく》の調べを吐き散らし、凍《い》てつく不滅の記憶を呼び起こせ……発狂鳴動《コールドプレイ》」

奇妙《きみょう》な音が鳴り響いた。下劣な太鼓を連打したような、空気が膨張と収縮を繰り返す音。

旋律を持たないフルートのような単調な風の音。

人間には理解できず、それだけに聴いているだけでぞわぞわと脳味噌《のうみそ》が震えてきそうになる不気味な音楽だった。

「……おまえは何をした？」

移香斎《いこうさい》は一樹《かずき》ほど魔法の効果を魔力波から先読みすることに長《た》けていない。

ましてやヘルやナイアーラトテップの魔法はマイナーを極めた属性の魔法だ。

「私の魔法に何か上書きをした……？」ヘルがゆっくりと首をかしげる。

「ヘルさんの魔法にナイアーラトテップの狂気の力を付与したの。あの死者を誰《だれ》かが見た瞬間、狂気の魔法が自動発動する。……その、すごく時間を稼げるようになったと思う」

ヘルはもう一度、ニタリと口角を釣り上げた。お気に召したというふうに。

ナイアラー子は褒めてもらうのを期待して、移香斎におどおどとした視線を向けた。

「……林崎《はやしざき》一樹と戦う機会は、やはりなさそうだな」

しかし移香斎の表情はかえって落胆さえしていた。

ナイアラー子はしゅんと俯《うつむ》いた。年端のいかない孤児の寂しがりな性根を、移香斎はまったく理解しようとしない。

「……よし、神器を探しにいくぞ！　やつらが我々の存在に気づきもしていないうちに！」

†

「騎士学院の生徒たちが魔境《まきよう》の中に入ったようです」

内部の魔力を探りながら、エレオノーラが言った。北欧騎士団は大魔境の外周の壁のすぐ傍《そば》に潜《ひそ》み、タイミングをうかがっている。

待っていたそのタイミングが来た。

ベアトリクスは周囲に注意を払いながら壁に歩み寄った。

「この壁は……錬金硬鋼《アダマンタイト》だな。……『頭蓋を砕く音《ミョルニル》』を使うか」

ベアトリクスがもっとも頼みとするトール神最大の破壊魔法、『頭蓋を砕く音』。

北欧神話で最強の一撃ならばこの壁を壊すことも不可能ではない。

「そこまでしなくても……ダミアン、あなたの『滅殺神剣《ミストルティンⅡ》』の方が静かに壊すことができるでしょう」

エレオノーラがダミアンに呼びかけた。彼女は錬金硬鋼の強度が根源粒子《プリママテリア》の結束を魔法的に強化することで成《な》り立っていることを見抜いていた。

『滅殺神剣《ミストルティンⅡ》』はあらゆる魔法効果の破壊と物理的な破壊とを両立させた神器だ。

「よしきた」と、ダミアンも壁ににじり寄った。

しばらくの詠唱《えいしょう》後、ダミアンはその両手の内に巨大な呪いの刃を生み出した。

「我が手に握りし剣は祝福を呪う悪意なり！　いつかの再生を願いながら、この手で神の子の不滅の命脈を断つ！　滅殺神剣《ミストルティンⅡ》！」

小柄なダミアンの背丈と同じぐらいもありそうなそれを、目にもとまらぬ速さで振るう。

ズゥウウン!!と重い音を立てて、壁が四角形に切り取られて倒れた。

「よおし、行くぞ！　一樹たちの邪魔してまわるぞ！」

はた迷惑なことを嬉々《きき》として叫びながら、ベアトリクスは魔境の内部に踏み込んだ。

「万が一私たちが三種の神器らしきものを見つけたら、持ち帰って大和《やまと》に流しましょう」

エレオノーラははっきりと大和寄りの発言をした。

大和に肩入れをしても他の国を黙らすことができる大義名分が自分たちにはある。

日本は許されざる冒涜《ぼうとく》の実験に手を染めている、そのデータが手元にあるのだ。

「騎士学院の精鋭《せいえい》が集まっているという話だよな？　楽しみだぜ！」

ダミアンも弾む足取りで続いた。北欧の騎士達《たち》は戦いをこよなく愛する。

「ふふふ、出来れば万全の状態で一樹《かずき》と出会いたいところだが……」

ベアトリクスの前にグリフィンやトロールが立ちはだかるが、ベアトリクスは鎧袖一触《がいしゅういっしょく》に斬り倒し、ノシノシと前に進む。

あたりで派手な戦闘が行われていないか、感覚を研《と》ぎ澄《す》ます。

出来るだけ強力な魔力の方向を選んで、ベアトリクスはノシノシと進んでいった。

だからその遭遇《そうぐう》は必然だった。

「……ベアトリクス・バウムガルト……」

木々の合間からのっそりと姿を現したベアトリクスの姿に、その黒髪の聖痕魔法使い《マギカ・スティグマ》は気死したような声を漏《も》らした。騎士学院で最強の魔力の持ち主である。

ベアトリクスは獲物を見定《さだ》めてにやりと笑った。

「音無輝夜《おとなしかぐや》か……。これも一度、戦ってみたいと思っていた相手だ！」

輝夜はベアトリクスの臨戦を感じ取って仲間たちに声を張り上げた。

「みんな……気をつけて！　来る!!」

迷ったのは一瞬、すぐさま決意を込めてベアトリクスを睨《にら》みつける。

自分の下にベアトリクスが姿を表したのはせめてもの幸運だった。

魔技科《まぎか》最強の生徒会長として、自分がこの難敵を引き受ける――その覚悟を決めた。

†

天の神は稲妻《いなづま》の速さで空を駆ける。

イリヤエリア・ムーロメッツは気配を消して自分を監視する騎士たちを一人残らず精神魔法で眠りにつかせてから、大空に舞い上がった。

騎士たちは目覚めたら大騒ぎするだろうが、後のことはあまり考えていない。どうせ日本は滅ぶ国だ……。イリヤエリアはそう考えている。

今この瞬間にアーサーとレジーナから横やりを入れられなければそれでいい。

ちらりと自分の手首につけられたGPS付きのブレスレットに視線を向ける。

これは問題だ。……問題ではあるが、小さな問題だ。

科学国家の日本が、こうした手段にでることはあらかじめ予想していた。機械天の目《GPS》だか何だか知らないが、この天の神を監視しようとは罰当たりも甚だしい。

文明がまさしく人間の奢《おご》りであることをつくづく思い知らせてくれる。

イリヤエリアは左手の甲の皮下に埋蔵させた〈欺瞞反復装置《ディセプションリピーター》〉を起動した。この機械はイリヤエリアの居場所を測定しようとするGPSからの電波信号を記憶し、同じ周波数の電波をより高い強度で送信する。GPSはこの強い偽りの電波を弱い本来の電波よりも優先的に受信し、検出してしまう。

イリヤエリアはGPSに向かって距離も方角もデタラメの情報を送り込んだ。

これで騎士団のオペレーターはイリヤエリアが大人《おとな》しくしていると信じ込むはずだ。

「機械を根絶《こんぜつ》するのは、他のすべての魔法先進国を滅ぼしてからでも遅くない」

イリヤエリアは無感情につぶやいた。

「便利なものは、便利。アーサーとレジーナはずいぶんと敬虔《けいけん》なようだが、非効率だ」

イリヤエリア・ムーロメッツは勝利のために手段を選ばない。

ボディチェックも当然されたが、必要な機械はあらかじめすべて体内に埋蔵させた。

魔法使いの王がこのような真似《まね》をするとは、誰《だれ》が想像するだろう。

すべては効率。

監視から解放されたイリヤエリアは垂直に高度を上げて〈成層圏《せいそうけん》〉にまで達した。

彼女はロキから、大魔境《まきよう》のレベル2、3で神器を探し出すように依頼を受けている。

この話を受けたとき、日本の敗北はもはや揺るがないとイリヤエリアは確信した。

唯一の問題はジャッジ気取りのアーサーとレジーナだが……、成層圏にまで達した自分の動きをあの二人は果たして見張ることが出来るだろうか。

　確信はないが、イリヤエリアは思いついたら即断というタイプの人間だ。

　迷いなく稲妻《いなづま》の速さで大魔境へ翔《か》けだした。

　どうなるか……誰からの邪魔も入らずに、一枚目の壁のはるか上空を通過した。

　そして二枚目。次に三枚目――そう思った瞬間、稲妻は急停止した。

　危うく顔面から見えない壁に衝突するところだった。

　壁。そう、壁だ。壁は壁でも魔力の壁である。

「封印魔法、か……」

　イリヤエリアは地上から成層圏にまで達する封印の力に、無表情のまま驚いた。

　相当に強力な封印魔法だ。いったい日本の何者がかけた？

　よほど封印破壊に長《た》けた魔法や神器でなければ、この封印は王とて破れぬ。

　破れるとしたら可能性がありそうなのは……北欧騎士団についての調査書に『特記能力』として報告されていた『ダミアン』の『滅殺神剣《ミストルティンⅡ》』ぐらいか。

　イリヤエリアは仕方がなく地上へと降下した。

　ちょうどこの国の人間たちがレベル２と呼んでいるエリアだ。

「……死者が多いな」

　真っ黒な森に降り立ってすぐ、イリヤエリアはつぶやいた。

†

レジーナ・オリンピア・フォルナーラは見ていた。

彼女もまた大空にその身を置いていた。

『神性開花《メタモルフォシス》』。彼女は大自然の神性をその身に宿すことができる。成層圏《せいそうけん》まで達することは出来なかったが白鳥となって空を飛び、その両目に鷲《わし》の力を宿して視力を強化させていた。

レジーナは見ていた。

『鷲の眼《イーグルアイ》』。遮蔽物のないこの大空でレジーナの監視から逃れられるものはいない。

レジーナはイリヤエリアが稲妻《いなづま》の速さで大魔境《まきよう》に侵入するのを、わざと見送った。

止める手段がなかったわけではない。今は止めるべきではないと考えたからだ。

「……まずは罪をはっきり確定させるがいい、ロシアの愚かな王よ」

吐き捨てるようにつぶやく。レジーナはイリヤエリアを見下していた。

奴《やつ》は他の王……中国の王と手を組むような性根の持ち主だ。

他人の力を借りようという惰弱な発想の持ち主という時点で。

イリヤエリアという王は、間違いなく自分よりも弱い。

レジーナはそれを確信しながら、イリヤエリアの侵入をわざと見過ごした。

――その数十分前、レジーナはアーサーと行動を共にしていた。

「日本と大和《やまと》の神器争奪《そうだつ》レースに、他の魔法先進国が介入するのを、断固防がなければならない。山形《やまがた》連隊長が日本政府から許可を得るのに時間がかかってしまって出遅れてしまったが……手遅れでなければいいが」

見回りを提案したアーサーはレジーナと梁山泊《りょうざんぱく》の二人――尚香《しょうこう》とシリラットを引き連れて、大魔境の入り口までやってきた。

「まずレジーナ女王、貴方《あなた》にとっても空は得意なフィールドだろう？」

アーサーの問いかけに、レジーナは頷《うなず》いた。

「イリヤエリア女王は空から侵入する可能性も高い。貴方には空の監視をお願いしたい」

「よかろう」と、レジーナは相槌《あいづち》を打ってさっそく『白の神性開花《レコウテース・メタモルフォシス》』を発動させた。

巨大な白鳥にその身が変わる。

「くれぐれも……日本と大和の争いへの介入を許さないようにしてくれ」

アーサーが白鳥に呼びかけた。

レジーナは内心でアーサーのバカ正直さを鼻で笑った。

どうして同格の王が、自分の思う通りに動いてくれると信じる？

私は私の勝手で動くに決まっている。

白鳥となったレジーナは、こっくりと頷いてから空へと飛び立った。

次にアーサーは、尚香とシリラットの二人に目を向けた。

「見回りに必要な能力をお互いに確認しておこう。私はこの壁を破壊するぐらいの強力な魔力を、五キロ圏内なら感じ取れる。魔力の痕跡《こんせき》も十五分ぐらいならさかのぼって感じ取れる。貴方《あなた》たちはどうかな?」

「俺《おれ》は知覚力強化魔法《エクストラセンス》は苦手分野だ」

浅黒い小柄な少女、シリラットは首を振った。尚香《しょうこう》があごに手を当てた。

「そういうのはあたし、呂《ろ》尚香さんが担当だが……王様ほどはできねえな。範囲は三キロ、魔力の痕跡は十分ってところかね」

「ふむ。ではこの大魔境《まきょう》の半周をまわるのにどれぐらいかかるかね? 私は多少ゆとりを持った速さで、十分ぐらいいか」

「速さには自信がある。あたしたちも十分ぐらいで十分だ」

「けっこう。それでは手分けをしよう。私は大魔境の壁に沿って東側を見回る。貴方たちは西側を頼む。その速さと知覚力の範囲なら、これから誰《だれ》かがこの壁を破って侵入したらすぐに察知できるはずだ」

「あいよ」と尚香がぞんざいに返事をすると、アーサーは「頼むよ」と微笑《ほほえ》んだ。

そしてさっそく東に向かって優雅《ゆうが》な足取りで歩いて行く。

「……俺が見た感じ三人の王様で一番強《つえ》えのはあいつだけど、ずいぶんお人好《ひとよ》しだなぁ」

その背中を見送って、ぼそっとシリラットがつぶやいた。

「同感だ。貴公子ってのはああいうやつを言うんだろうな。さて……悪いな王様、あたしの魔力知覚範囲は、本当は50キロ、さかのぼれる魔力の痕跡は一時間ってところか。この神器を使えば……だけどな」
「うるせえ、千里眼《せんりがん》って言いたかったんだよ。……本当は魔力の知覚範囲は50キロ、さか
勢いよく言った尚香の言葉を、シリラットが即座《そくざ》につっこんだ。
「千里は言い過ぎだろ。三千キロだぞ」

尚香はぺらりと一枚の黄色い紙切れを取り出した。ただの紙切れではない。

「しかもこの『神器』は死ぬほど魔力を吸われるけどな。……見通せ、〈陰陽大極図《おんみようたいきよくず》〉！神眼解魂《しんがんかいこん》、天地自然之図《てんちしぜんのず》!!」

手にした紙切れがふわりと宙に浮くと、それは尋常《じんじよう》ならざる魔力を発して周囲五〇キロに放出された。尚香の魔力が地図にどんどん吸い込まれ、その分だけ知覚力が拡張されていく。五〇キロすべての風景、魔力図が、尚香の頭の中に流れ込んできた。

尚香は「つ、つれえ」と脂汗《あぶらあせ》をにじませた。

「どうだ？」

「ふむ……地下に何者かが通過した魔力の痕跡がある。大和《やまと》の連中が大魔境に侵入したな。けっこう前だ。今は……レベル2に入り込んでる。レベル2のエリア全体に何か魔力を張り巡らせてる。自分たちの領域《テリトリー》にしちまってるな」

「いきなりやべーな。他には？」

「あー……空を、成層圏《せいそうけん》の高さをイリヤエリアってロシアの女王がピューンってエリア2

まで飛んだ。空を見張ってるレジーナは、あまりに高すぎて見えなかったかな。いいや、わざと見過ごしたのかもしれねえ」

「なんでわざわざ見過ごすんだよ」

「あいつはアーサーほど穏健《おんけん》ってわけじゃねえのかもな。ドンパチしたがる既成事実が欲しいのかもしれねえぞ」

「侵入未遂じゃブン殴るに足りねーけど、侵入して何かしてくれれば気兼ねなく殴れるってことか。あいつもちょっと頭おかしーな。さすがにそれで終わり？」

「いいや、まだある。……アーサーが見回りに行った方角はハズレだな。ついてるな、優等生があんまり出しゃばると面白いことにならねえ。あいつの出番は今回はなしだ」

「じゃあ西側《こっち》に何が？」

「北欧騎士団の連中が壁をぶっ壊して大魔境《まきょう》に侵入した。それほど時間は経《た》ってねえ」

「おいおい、自慢の壁ってのは何だったんだ」

「……おっと騎士学院の生徒と遭遇《そうぐう》した。音無輝夜《おとなしかぐや》って女のグループだ。交戦になるぜ」

「北欧騎士団は野蛮って聞くからな」

「さっきからおめえ、人のこと言えるかよ」

野生美に満ちた梁山泊《りょうざんぱく》の二人組は互いに獰猛《どうもう》な笑みを浮かべ合った。中華の乾いた大地で巨大な敵を相手にゲリラ戦を繰り返してきた、歴戦の兵《つわもの》の笑みだった。

北欧騎士団のように戦いそのものを愛するのではない。自分たちの力量を正確に熟知し、それを用いて何を為《な》せるか――そのゲームを愛する者たちである。

「よりどりみどりで、嬉《うれ》しいねえ。さあて、どう動くのが一番、林崎一樹《はやしざきかずき》に恩を売れるかな。……あ、やべえ、魔力の使いすぎで頭がくらくらしてきた」

「なあに、行くのは俺《おれ》一人で十分だ」

シリラットは意気揚々と頷《うなず》いた。彼女は自分の力量を理解している。

自分がこの戦場で『強者』に部類していることをわかっている。

〈破壊神シヴァ〉と契約した異国の戦士が動き出した。

三章　戦線流転

兵糧《ひょうろう》は必要である。

華玲《かりん》はクルリと一回転して魔導礼装《デコルテオブリージュ》から制服姿に戻った。

ただの制服姿ではなく、巨大なリュックサックを背負っている。

それを降ろして、中から巨大な重箱弁当と水筒とレジャーシートをとりだした。

「お弁当ごと魔導礼装にしてたの!?」

雅美《みやび》先輩は目を丸くして驚いた。美人の驚き顔はかわいらしい。

魔力はときに質量保存の法則を盛大に無視する。

「先輩たちから、みんなやってる裏技って聞きましたよ」

「私たちいつも二人でクエストに出てたから……そんな発想気付かなかったわ」

「あんまり良いことじゃないぞ」

レメが少し苦い顔で一樹《かずき》の傍《そば》に実体化した。弁当を食べに来たのだろう。

「まず『身につけているものを分解して魔導礼装に変換する』という定義があって、それにそって現象を発生させているわけだけど、『荷物もそれに含めていいのか？』と神魔《ディーヴァ》側も混乱する。そのうち自転車とか車とかまでエスカレートしそうで気が気じゃない。自分の契約者を相応《ふさわ》しく飾る魔導礼装を弁当で作るというのも気分が良くない。百歩譲って弁当ぐらいは許してるが収納庫あつかいしてとんでもない荷物を変換させたりするなよ」

グレーゾーンな裏技だったのか……。

「それはそうとレメも弁当を食べる」

一樹がレジャーシートを敷くと、レメは一番乗りでちょこんと膝《ひざ》を下ろした。

真ん中に重箱弁当を置いてみんなで囲む。

蓋《ふた》を開けた瞬間、忍舞《しのぶ》先輩が表情を驚きに染めた。

そこにはちょっとしたサプライズが仕込まれていたためだ。

重箱弁当の一段目は見渡す限り茶色い肉の荒野である。ハンバーグ、ミートボール、照り焼きチキン、タコさんウインナー、アスパラガスや香味野菜の肉巻き、挽《ひ》き肉《にく》の蓮根《れんこん》挟《はさ》み揚げ……。

忍舞先輩は『もしかしてこれ……』という目つきで一樹を見つめ、しかし『いや、ただの偶然かも』というふうに目を逸《そ》らしてそわそわとした。

「忍舞先輩、雅美先輩から好きなもの聞いちゃいました。嫌でしたか？」

一樹が種明かしをしても、忍舞先輩はそわそわしつづけた。

「嫌じゃない。でも、何だか落ち着かない……どんな顔すればいいかわからない」

「喜べばいいのよ」

横で雅美《みやび》先輩がおかしそうに笑った。

もちろん下の段には肉以外のおかずが収まっている。二段目は野菜や海産物《かいさんぶつ》、三段目はおにぎりだ。

「一樹《かずき》、某《それがし》が『ああん』をしてやろう。嫁……じゃなかった、親友の務めだ」

「そんなバカな」

と言いつつも一樹は素直に口を開き、差し出されたハンバーグをくわえこんだ。

こんなこともあろうかと料理は一口サイズに切っている。こういう展開はもはや慣れっこだ。

「ううむ、相手に奉仕しているようでもあり、支配しているようでもあり……これが男女の営み、じゃなかった親友の営みというものか」

「ふふふ、それじゃあ私も。これでいい？」

雅美先輩が涼《すず》やかに笑って、蓮根《れんこん》の挟《はさ》み揚げを差し出してくる。

「林崎《はやしざき》一樹、私も『あーん』されてやってもいいぞ！　チームワーク!!」

華玲《かりん》は逆にわはーっと口を大きく開いて、目をキラキラ輝かす。

「何が食べたい？」

「ふふん、むろんタコさん!!」

一樹は華玲の口に恭しくタコさんウインナーを捧《ささ》げた。

「うまいなー。一樹が作るごはんはいつもうまいなー。嫁になればこれを毎日食べれるんだなー」

　華玲は幸せそうにもぐもぐする。

「……友達というのは、そういうことをするものなのね」

　そんな様子を、忍舞《しのぶ》先輩は一歩引いたところから見ていた。

「一樹……私は勝手がわからないんだからリードしてくれないと困る」

　忍舞先輩が一樹にねだるような視線を送った。

「そ、そうか、何がいい？」

「どれも私の好物」

　それもそうだ。一樹が照り焼きチキンを箸でとり「あーん」とすると、忍舞先輩は品のいい唇を子供のようにパカッと開けた。一樹は慎重な手つきで食べさせた。

　もぐもぐしながら忍舞先輩の顔が明るくなり、小さなハートマークが飛んだ。

「……次」

「お、おう」

　遠慮《えんりょ》なくねだられて、一樹は食べ物を差し出す。

「次、ごはん」

「わかった」

　一樹はおにぎりを捧げ持って、忍舞先輩の口元に差し出した。

「忍舞、別に自分で食べてもいいのよ……？」

雅美《みやび》先輩が苦笑いでツッコんだ。ツッコんでくれた。一樹《かずき》は助かったと思った。

「姉様も、ほら」

だが忍舞《しのぶ》先輩はミートボールを箸でつまみとって雅美先輩に差し出した。

「あら……。ふふ、ありがとう」

「一樹は私にあーんし続ける。ほら」

雅美先輩の指摘もおかまいなしに、忍舞先輩は一樹に開いた口を向ける。

一樹は忍舞先輩にまた肉を差し出した。彼女との距離が縮んだ実感があって嬉《うれ》しい。

でも、これじゃあ俺《おれ》が食べられないじゃないか……。

「それじゃあ一樹には某《それがし》が食べさせよう！　ほら、ああん」

ここぞとばかりに琥珀《こはく》が再び一樹に箸を向けた。

その様子を見て、華玲《かりん》は戸惑いの表情を浮かべた。

「え……じゃあ私は琥珀に食べさせる……のか……？　なんか別に嬉しくないな、それ」

華玲は戸惑いつつ、琥珀にあーんした。

「ていうかこれじゃあ私が食べられないじゃないか！」

「あ、それじゃあ私が。でもちょっと食べさせづらいから席替えしましょ？」

華玲からやや距離が離れていた雅美先輩がそう提案して、腰を上げる。

重箱弁当を囲って雅美先輩↓華玲↓琥珀↓一樹↓忍舞先輩↓雅美先輩……という流れで円環の並びとなる。

一樹《かずき》たちは誰《だれ》一人として自分で食べることなく、輪転機《りんてん》のごとく『あーん』をさせあい続けた。

「華玲《かりん》、遅れがでてるぞ。もっと急いで飲み込め」

「おまえが早いんだーー！　もっと私のグルーヴを感じてリズムに乗れ！」

琥珀《こはく》と華玲が言い争い始めた。

「リズムを合わせるなら、かけ声をあげたらいいんじゃないかしら」

雅美《みやび》先輩がそう提案すると、琥珀が「それだ」と手を叩《たた》いた。

提案が受け入れられて、雅美先輩がニッコリ嬉《うれ》しそうな顔をする。

「そいや！」「あーん！」「そいや！」「あーん！」と、餅つきや神輿《みこし》かつぎのような声が上がるようになった。……もはや何を目指しているのかわからない。

「これがチームワーク……」

忍舞《しのぶ》先輩がぼそりとつぶやいた。

「こんなのは初めてだわ……尋常《じんじょう》じゃない仲良しグループ感を感じる……」

雅美先輩が幸せそうにつぶやいた。

「いや、盛大に間違ってるぞこれ」

一樹は半ば諦めながら指摘した。

「それはそうと、この門ですが」

本当に最後までそうして食べ終えてから、一樹は切り出した。

この門《ゲート》を抜ければ、レベル2のエリアに突入することになる。

本来の予定ではまずはレベル1エリアを全面解放してからというつもりだった。

だが自分が門を発見したからには、それでいいのかという疑問が一樹の胸に湧いた。

「危険は覚悟の上で、俺《おれ》たちだけでも先にレベル2に行ってみた方がいいかもしれない」

何かあったら、仲間は自分が必ず守る。ソロモンの印を使いこなして……。

「どうして？」

雅美先輩がたずねた。琥珀と華玲も身を乗り出す。

「大和《やまと》や他の国の敵が第一の扉を破って侵入できたなら、第二、第三の扉も同じように破れるかもしれません。相手が真っ正面からレベル1に現れたら俺たちは見つけだして対処できるかもしれないけど……」

「……私たちがレベル1でいつまでもグズグズしていると、向こうが一足飛びにレベル2や3に侵入しても気づけないかもしれないわね」

雅美先輩が回り込んで話を理解し、一樹はこくりと頷《うなず》いた。

「今日、実際に作戦を開始してみて初めて気づいたけど……みんなが戦ってる魔力はぼんやりとしか感じられない。今、レベル2や3で戦闘が起こっても俺たちはその魔力をレベル1で発生している仲間たちの戦闘の魔力と区別がつかないと思う。そうしたら一番怖いのは、俺たちの魔力に紛《まぎ》れて侵入者がレベル2や3を先に荒らすことだと思って……」

一同は黙りこくった。あり得ないと断じるには勇気が必要だった。

その沈黙は、一同が一樹《かずき》の提案に従うことを示していた。


第二の門には聖痕《スティグマ》認証装置が備え付けられていた。

自分たちの聖痕を端末で認証すれば問題なく通行できるということだ。

聖痕認証装置は騎士団本部と回線でつながっていて、認証した聖痕のデータを本部に送り届ける仕組みに本来なっているが、この端末は孤立《スタンドアローン》型だった。

「聖痕認証の装置があるってことは、この壁と門はけっこう新しいってことだよな」

一樹はそう推論しながら門を開いた。

壁もしっかりとした錬金硬鋼である。騎士団も野放しというわけでなく、それ以上拡大させないように維持できていた時期が長かったということだ。

一樹を先頭に、古い錬金硬鋼の重々しい扉がギイイイイと軋《きし》みながら開いた。

──茜《あかね》先輩は『壁のおかげで魔境《まきょう》が広がるのを抑制《よくせい》できているのだけど、その分だけ魔力が内向きにこもっていて壁を超えると魔力濃度が跳ね上がることが確認されている』と言っていた。その言葉が頭に蘇《よみがえ》った。

「……確かに濃いな」

壁を超えた瞬間、肌に刺さるほどの魔力の濃度を感じた。風景も変化している。周囲の木々はより鬱蒼《うっそう》と密度を増し、色彩は毒々しいを超えて墨《すみ》のように黒化していた。黒い葉々《さえぎ》に空が遮られ、昼間だというのにまるで電気を灯《とも》していない室内のように暗い。足元はゆるやかな坂道になってきている。

一樹はくらりと意識が遠のくのを感じた。精神制御《トランス》で慌てて意識を保つ。魔境の濃密な魔力が侵入者の意識を刈り取ろうとしてくる。

ここまでくると魔力というより、もはや瘴気《しょうき》だ。

精神制御を得意としていないメンバー──琥珀《こはく》が「うぬっ」とうめいた。

「……丹田《たんでん》より煉《ね》り燃える内養功《ないようこう》よ、禍々《まがまが》しきを払い清冽なる虹を魂魄に掲げよ！　気貫《きかん》長虹《ちょうこう》！」

華玲《かりん》が不意に、何か魔法を発動させた。

するとたちどころに一樹の腹の中に熱い熱が生まれ、それが全身に血流のように駆け巡る。その熱は、たちどころに精神を侵していた瘴気を打ち払った。

今の魔法は仲間全員にまとめて作用したらしい。弱り駆けていた琥珀もしゃきっとした。

「今のは……？」

「邪気を払う精神活性の魔法……って玉藻前《たまものまえ》が言ってる」

なるほど、軽い精神攻撃の類《たぐい》はまとめて回復できるわけだ。

レベル2より奥を探索《たんさく》するには、華玲が不可欠なメンバーになるかもしれない。

「魔力が濃いだけじゃないわ」

雅美《みやび》先輩がつぶやいた。

「……空間自体に、何か魔法が上書きされている……」

その言葉に、一樹《かずき》は顔色を変えた。

感覚を研《と》ぎ澄《す》ますと、一樹も同じものを知覚できた。

空間にかける魔法――何者かがすでにここに来ている⁉

行く手から、ガサゴソと木々をかきわけて何者かが近づいてくる気配がした。

「おい……魔獣《まじゅう》じゃないぞ」

行く手に視線を向けた琥珀《こはく》の、うめくような声。

暗い行く手から現れたのは、小さな男の子だった。

衣服は着ておらず裸で、その肌は血の気《け》が引いて青い。

目には眼球がなく黒く落ちくぼんでいた。

その姿から、即座《そくざ》に連想《れんそう》した。死者だ。

男の子の死者は、一樹を見るとにんまりと笑った。

「……お母さんが、おまえやミオやカヤと遊ぶなって言ってた」

「……！」

一樹は息を呑《の》んだ。

「施設の子だからって。まともに子育てされてない子とは仲良くなるなって」

胸の中が一気にざわつく。

どこかで、遠い昔に誰《だれ》かにかけられた憶《おぼ》えのある言葉だった。

男の子はそれだけ言ってから坂道を蹴り、飛びかかるような勢いで突進してきた。

……速い！　生命が失われた肉体に、魔境《まきょう》の魔力が染み込んで身体能力強化魔法《エンチャントオーラ》となっているかのように！

男の子は前屈《まえかが》みになって一樹に頭突きをしてくる。一樹は居合いを抜いて迎え撃《う》った。刀で頭突きを受け止める。ずっしりと重たい手応え。一樹は真っ正面から受け止めず、斜め横に受け流した。男の子は突進をいなされて、よろめいた。

「圧殺しろ、〈太郎太刀《たろうだち》〉！　抜刀解魂《ばっとうかいこん》——阿修羅《あしゅら》両断!!」

横合いから琥珀が神器の愛刀《あいとう》を巨大化させて、男の子を一撃で叩《たた》きつぶした。男の子はぐしゃりとカエルのように手足をねじ曲げて地面に埋もれた。

それでも真っ黒な眼窩《がんか》を、琥珀ではなく一樹に向けている。

「……喧嘩《けんか》が強いからって調子に乗りやがって……」

男の子は未練たらしく呪いの言葉を一樹に吐きかける。

「おまえじゃなくて、ミオや、カヤを泣かしてやるからな……居場所も逃げ場もなくさせてやる……」

それも大昔に聞いた憶えのある言葉だ。

喧嘩して、やっつけた相手に言われた言葉……。男の子はどろりと全身を液状化させて真っ黒い液体となり魔境の地面に染み込んでいった。

「なんだこいつは……」

琥珀《こはく》が溶けていく男の子を見下ろしながらつぶやいた。

「ゴリラ女」

ぼそっとした声が聞こえてきて、一樹《かずき》たちは顔を上げた。

真っ暗な木々の間から、さらに何人もの女の子が次々と顔を出す。

全員、中学生ぐらいの体格の女の子の死体だ。

先頭に立つ女の子が、琥珀をまっすぐに見据えて言った。

「あの子、剣士になりたくて身体鍛《きた》えてるんだって、魔法使いじゃなくって」

他の女の子がくすくすと笑った。

「ゴリラって呼んでやろうよ」

「ゴリラ」「ゴリラ」「やめなよゴリラに暴力振るわれるよ」

「本当は剣なんて本人も嫌なんじゃないの？」「でも代々剣術を継いでるからって」

「ゴリラの家系じゃしょうがないね」「ウッホウッホ！　剣を振るうッホ！」

琥珀の顔がカーッと紅潮し、巨大化した刀を強く握りしめた。

「待て琥珀、うかつに行くと囲まれるぞ！」

一樹が危うく琥珀の肩を抑えた。

「よくも一樹の前で……ゴリラなどと……」

琥珀の声が、怒りと悲しみで震えた。

古傷を抉《えぐ》られた人間の声と表情だった。

一樹にとってもその中傷は他人事《ひとごと》とは思えなかった。ただ剣士というだけで謂《い》われのない中傷を受けた経験が、一樹にもある。

「あんな理不尽な言葉、気にしちゃダメだ」

一樹は中学ぐらいの過去をフラッシュバックさせているだろう琥珀に言った。

「だいたい琥珀は、ゴリラどころか全然美人だろ」

「……か、一樹」

琥珀は現実に立ち返ったような表情をして、一樹に振り返った。

「某《それがし》のこと、何だかんだ言ってちゃんと女として見てくれていたのか……」

「当たり前だろ」

「は？　ゴリラが男にちやほやされて調子に乗ってんですけどぉおお？」

——一樹に向けて頬《ほお》を染める琥珀に、女の子たちはまさしく『地獄の鬼女《きじょ》』といった形相になった。そして、一斉に地を蹴りこちらに突進してくる。

「う、うわぁあああ！」

華玲《かりん》が悲鳴をあげた。華玲は、別の方を見ていた。

視線を巡らすと……そちらには、林志静《はやししずか》の姿をした死体が立っていた。

「カスが……カスがカスがカスが、カスの人形が！」

静は憤怒《ふんぬ》の相に顔を歪《ゆが》ませる。

「よくもこの私を足蹴《あしげ》に踏みにじってくれた……！」

華玲《かりん》は一度は怯《ひる》みかけたが、決然と睨《にら》み返した。

「つい悲鳴をあげたけど……私はもうあなたを恐れない！　こんなのはまやかしだっ！」

静《しずか》と華玲がお互いに向かって同時に地を蹴った。

拳《こぶし》と拳、脚《あし》と脚、かつてのようにお互いの技を交錯《こうさく》させる。

まやかし……。

「一樹《かずき》……」

一樹に向けて、声がした。声に導かれるように、一樹は声の方に視線を向ける。

他のみんなの戦いの物音が、遙《はる》か遠くへと消失した。

一樹は、その死体に目を奪われた。

大人《おとな》の女性の死体が黒い木々の間に立っていた。

見覚えのある女性だった。

その女性の姿は……遙か昔、物心もまだついていない赤子の頃の記憶にあった。

まだ赤子だった一樹が、孤児院の門前に捨てられる風景。

この人は……そのときの女性《ひと》だ。

この人が、俺《おれ》を捨てた!!

一樹の心臓が激しく震えた。記憶の中の女性は曖昧《あいまい》だったが、目の前の死体ははっきりとその人の姿を象《かたど》っていた。こんな顔をしていたのかと、一樹の胸が感動に覆われた。

「一樹、大きくなったのね。ずいぶんと頑張って、強くなったのね」

しずしずとその女性は一樹に歩み寄ってくる。

「……もう頑張らなくていいよ。もう無理しないで、寝ていていいよ。私が守ってあげるから。私はあなたよりもずっと強いんだから」

シルクのように滑らかで柔らかい声。どこか輝夜《かぐや》先輩に似ている声と思った。

その女性が、一樹を抱擁《ほうよう》するように両手を伸ばす。

一樹は深く息を吸い込んだ。魔力で頭の中をしんと集中させた。どこまでも意識を冷たくさせた。そして腹の底から、声を押し出した。

「黙れよ、偽者……！よりにもよって……！」

渾身《こんしん》の魔力を込めて、林崎《はやしざき》家で鍛《きた》え抜いた居合いを抜く。

女の首から上が強風に吹かれたように吹っ飛んだ。

頭部を失った女は力なく膝《ひざ》を折って地面に倒れ、真っ黒い液体に変わって地面に染みていった。一樹は息を吐き出しながら、その様子を見守った。

これは精神攻撃魔法の一種だ。一樹は雅美《みやび》先輩との特訓で鍛えた精神制御《トランス》で心を落ち着かせ、目前の事態を把握《はあく》した。

「まず死体を生み出す魔法があって……そうして生み出した死体に人のトラウマみたいなものを刺激する魔法がかけられているのか」

そう分析してから、一樹は『経津御魂《フツノミタマ》』の詠唱《えいしょう》を開始した。斬魔《ざんま》の剣の方が有効に死体に攻撃できるはずだ。

改めて周囲を見回すと、一樹《かずき》たちは門を通り抜けてからまだ数歩も進めていない。

左右に、正面に、百八十度すべての角度から死体がウジャウジャと集まってきていた。

「誰《だれ》がゴリラだ！　某《それがし》の剣を愛する心は一樹が理解してくれるッ！　美人とまで言ってもらえたのだから、某はもはや無敵だ!!」

琥珀《こはく》は剣の鍛錬《たんれん》に精魂を注いだことをバカにされてももはや動揺することなく、その剣術で死体を薙《な》ぎ倒した。

華玲《かりん》はさらに多くの死体に囲まれていた。すべての死体が林志静《はやししずか》の顔をしていた。

「姉さんが増えた!?」

まさしく悪夢的な光景である。

「人形」「人形」「人形」と、無数の静が華玲を罵倒《ばとう》した。

「……今の姉さんの方がよっぽど人形だ！」

華玲はもっともすぎる言葉を言い放ちながら、静を一人一人順番に打ち負かしていく。

すでに静の死を乗り越えた彼女の心には、最初から隙《すき》などなかった。

「姉さんを百人倒して一アップしてやる！」

華玲は戦いながら一樹やロッテといっしょに遊んだアクションゲームのようなことを口走った。……あの二人は大丈夫だ。

「見ろよ、エルフがいるぜ」

「うわ、ほんとに耳尖《とが》ってる、バケモノじゃん」

「あれって動物が魔獣《まじゅう》になったみたいなもんなんだろ？」

雅美《みやび》先輩と忍舞《しのぶ》先輩が、死体たちからいわれのない非難を受けていた。卑劣《ひれつ》な表情を浮かべる男子の死体たちに囲まれている。これも小学生か、中学生の頃の記憶か。

雅美先輩は俯《うつむ》いていた。忍舞先輩は瞳に涙を浮かべて顔面蒼白《そうはく》になっていた。

身動きしない二人に、死体たちがじりじりと迫ってくる。

「忍舞先輩、こんなまやかしなんかに屈していたらダメだ！　……経津御魂《フツノミタマ》！」

一樹は死体と忍舞先輩の間に割って入って、一撃の下に男子の死体を斬り倒した。

斬魔《ざんま》の刃がまやかしの力も、死体を動かす魔力も断ち斬る。

「……か、かずき……」

忍舞先輩は子供のように、死体の前に立ちはだかった一樹の背中の制服の裾をぎゅっとつかんだ。戦いづらい。だが受け入れる。

「どんなに理不尽なことがあっても、これからは俺《おれ》もいっしょに戦いますから」

「ほ、本当に……？　嘘《うそ》だったり、いなくなったりしない……？」

忍舞先輩は震え声で一樹を質《ただ》した。親に対する子供のような声色《こわいろ》。

絶対に裏切るわけにはいかないと思わせる声。

「本当です、ずっとです」

「……ずっと友達でいてくれる？」

「友達以上になりたいぐらいです」

一樹《かずき》の背中に忍舞《しのぶ》先輩がぎゅっと抱きついた。

戦いづらい。……だがこの戦いづらさが嬉《うれ》しい。ハートマークも飛んできた。

「月の乙女の秘刃《ムーンスクレイパー》！」

不意に後ろの方から弧を描《えが》く光の刃が飛んできて、死体たちをまとめて両断した。

雅美《みやび》先輩は怯《おび》えて俯《うつむ》いていたのではなく、呪文を詠唱《えいしょう》していたのだ。

「……大丈夫、忍舞。今まであなたが私を守ってくれたんだもの。これからは、私があなたを守るわ」

そう言いながら、雅美先輩が後ろから忍舞先輩を抱き締めた。

「姉様……」

忍舞先輩は一樹に抱きつきながら、背中からの姉の感触に声をもらす。ぬくもりに前後から包まれて、もはや彼女は孤独などまったく感じていないだろう。

一樹と忍舞先輩と雅美先輩は、電車ごっこみたいな体勢になっていた。

放してくれとは言いづらかった。

一樹は「行きましょう、先輩！」と声をかけ、そのままの電車ごっこ状態で死体に向かって剣を振るう。

「暖かい……これがチームワーク……」

一樹の後ろにひっつく忍舞先輩がつぶやいた。

違うと思う。

「一樹……歩きづらいならかけ声が必要じゃないかしら？」

雅美先輩が言った。

いらない。

†

「……レベル2に林崎《はやしざき》一樹たちがやってきた」

静かに魔獣《まじゅう》を倒して進む移香斎《いこうさい》に、後ろに付き従うヘルが言った。

「思ったよりも速いな。……レベル1をすっ飛ばしてこちらの様子を見に来たか」

移香斎は舌打ちした。ロキからは遭遇《そうぐう》を避《さ》けろと言われている。

まだ神器は一つも見つかっていなかった。

「あの、私の魔法は……」

「どんどん勢いよく死体が倒されている。あまり効き目は感じない」

ナイアラー子はしょんぼりと俯いた。

そのとき移香斎の目前に稲妻《いなづま》が舞い降りた。音もなく巨大な光が移香斎の目前で地面に突き刺さったかと思うと、それは真っ白い魔導礼装《デコルテオブリージュ》姿のイリヤエリアに姿を変えた。

この魔法使いは光にその身を変えて稲妻のように姿を現す。

「問う。神器は見つかったか、この国の王よ」

スサノオの契約者である移香斎《いこうさい》を、イリヤエリアはこの国の王と呼んだ。

自分が加勢しているのだからそうなることが当然であるかのように。

「私の方は、それらしいものを二つ見つけた」

信じがたい言葉に、移香斎はぽかんとした。

よく見るとイリヤエリアは右手に鏡を、左手に赤い勾玉《まがたま》がいくつも繋《つな》がれた緒を持っている。右手の鏡を、不意に移香斎に向かって放り投げた。

戸惑いながら移香斎はそれを受け取った。

「一つは貴方《あなた》に預けておこう」

「……何故《なぜ》だ？」

「この魔境《まきよう》で貴方が不慮の死を遂げたらすべてが台無しになるゆえに。それは貴方の力になるのだろう？　魔獣《まじゆう》と戦うにも役立つはずだ」

自分が魔獣ごときに遅れをとるのではないかと心配されているのだ。

移香斎はそれを理解し、怒りで頭に血が上った。

「かといって二つとも預けるのも心配だ。神器を二つ奪われたら貴方ではどうしようもないゆえに。リスク分散として一つは私が持っておく。私には使えそうにないが」

イリヤエリアは左手に緒に繋がれた勾玉――〈八尺瓊勾玉《ヤサカニノマガタマ》〉をぐるぐる巻きにして固定し、移香斎に背中を向けた。

「私はもう少し周囲を探索《たんさく》しようと思う。最後の一つが見つからないゆえに」

「林崎一樹《はやしざきかずき》がこのエリアにやってきたようだ」

移香斎は自分も何も得ていないわけではないことを誇るように、情報を差し出した。

イリヤエリアはさして興味があるでもなさそうに、無表情に振り向いた。

「くれぐれも林崎一樹と戦おうなどと挑まないことだ。この国の王よ」

その言葉に、移香斎は歯を噛《か》みしめた。いっそう強い怒りを目の前の女に感じた。

こいつも……自分を見下している……！

それから自分自身への怒りが湧いてきた。

イリヤエリアは光に変化し、稲妻《いなづま》の速さでその場を立ち去った。

「……林崎一樹を倒しに行くぞ」

移香斎はぼそりとつぶやいた。

「はへっ？」

ナイアラー子が声をひっくり返させた。

「……なぜ？　それは命令とは、違う……」

ヘルがしわがれた声で指摘した。命令という言葉が、移香斎をいっそう苛立《いらだ》たせた。

「命令だと？　誰《だれ》がぼくに命令した！　香耶《かや》にもロキにも、ぼくは命令されるつもりはない！」

「我々の目的は神器なのだから……ここで林崎一樹と戦う理由はない……」

「理由がないだと？　馬鹿なことを！　神器を見つけ出すことよりも、ここで林崎一樹を倒してしまう方がよっぽど確実で話が早い！　ぼくにはそれが出来る！」

「私たちはロキの手勢《てぜい》……。ロキの考えに従わないなら、今この場であなたにこれ以上の協力はしない……」

「そんな勝手を許すか。貴様もロキも大和《やまと》の人間だ。この作戦で貴様らはぼくの指揮下に入ったんだ。ぼくに従わないなら……この場で貴様ら三人の首を並べても誰《だれ》にも文句は言わせないぞ」

移香斎《いこうさい》の言葉に、世界蛇《ミッドガルズオルム》が無言で瞳に殺気を込めた。

ナイアラー子はオロオロと一同の顔を順繰りに窺《うかが》う。

「他の仲間たちを置いて林崎一樹《はやしざきかずき》とその少数の手勢がみすみすこのエリアにやってくるというチャンスが転がり込んできたんだ。こちらは一方的に奴《やつ》らの居場所を把握《はあく》できているのだから、死体との戦闘に紛《まぎ》れて奇襲も出来る」

「……すでにこちらの陣営が神器を二つ手に入れているのだから、無理をする必要性がない……」

「もちろんだ。だがいざとなれば世界蛇の能力で逃げることもできる。前の戦場のときのように地面を氷付けにされなければな。我々が主導権を持って戦い、逃げることもできるんだ。そういう機会を無駄にするべきではない。貴様らも自分で考える知能が残っているならわかるだろう」

理屈をこねている移香斎自身、それは後付けの理屈だと自覚していた。

このまま神器を持ち帰って二つか三つの神器を揃《そろ》えれば、それで自分は勝つことができるだろう。勝てるはずだ。

だが神器を揃えたのは、このままではロキやイリヤエリアの手柄だ。

できれば……自分の力を信じようとしないロキやイリヤエリアの協力抜きで、林崎一樹に勝ちたい。

それができる最後のチャンスが今だと、イリヤエリアへの怒りとともに気づいてしまった。

「ヘル。死体をやつらのところに一気に集めて、奇襲のためのタイミングをつくれ。そして貴様らで林崎一樹の四人の仲間たちを抑えろ。できないとは言わさんぞ」

†

どう戦う？

覚悟を決めた輝夜《かぐや》は瞬時に頭を回転させた。

自分がどうあれ、戦いの主導権を握るのは『最強の接近戦闘者』であるベアトリクスだ。

今の輝夜のグループにも剣士はいるが……ベアトリクスが相手では歯が立たないだろう。

だったら、いっそのこと……！

「我は良き戦いをし、良き死を迎え、さらなる天上の戦いに参列することを望むものなり！　我が瞳に血色の加護を！　紅き武神の瞳《ベルセルク》!!」

輝夜《かぐや》が長々と思考を巡らすことも許さず、ベアトリクスの瞳が血色に染まった。動体視力と身体能力を増幅し、狂戦士となるベアトリクスの得意魔法だ。

そしてまっしぐらに輝夜に向かって駆けてきた。

ベアトリクスは腰から大剣を引き抜き、思い切り振りあげる。いきなりの展開と凄《すさ》まじい踏み込みの速さに、輝夜の仲間の剣士達《たち》は輝夜を守ろうという反応すら出来なかった。

それでいい。

……ギリギリまで引きつける。そして。

「心海に潜《ひそ》む欲念よ、罪深き肉体を超えてその手を伸ばせ！　蹂躙《じゅうりん》の具現よ欲するままに絡《から》みつけ！　黒　触　手《デザイアテンタクルス》！」

輝夜の身に魔力が輝き、その魔力が地面へと降っていく。

ベアトリクスの刃が輝夜に振りおろされる――その刹那《せつな》、地面から無数の触手《しょくしゅ》が湧き上がって輝夜に絡みつき、彼女を天高く持ち上げた。

「ぬっ⁉」と意外の声をあげてベアトリクスの刃が空振った。ベアトリクスは反射神経には優れているが、魔法の先読みまでは出来ない。

振り下ろされた刃に、触手が根元から切断された。

だが触手は斬られる直前に輝夜をぽんと遠くに放り投げる。

ベアトリクスから大きく距離を開けて輝夜は着地する。

ベアトリクスはすぐさま間合いを詰めるべく追いかけた。

「私《ベアトリクス》がこいつを抑える！」

「私《音無輝夜》がこいつを仕留《と》める！」

計らずして二人は声を揃《そろ》えた。輝夜は責任感から、ベアトリクスは北欧神話を崇《あが》める騎士としての本能から、最強の敵との一騎討ちを望んだのだった。

「黒触手！」

輝夜は同じ魔法を再度発動させ、今度は触手を地の底に待機させた。

ベアトリクスは気にも留めずに猛進し、豪腕から再び北欧の大剣を振り下ろした。

輝夜は覚悟を決めて、その袈裟懸《けさが》けの一撃を受け入れた。一切の回避をせず、ただ斬撃に相反する念動魔法《サイコキネシス》――抵抗《レジスト》を発生させ、そして。

「汝《なんじ》を呪わば我も傷つくこと躊躇《ためら》わず……共なる苦痛が我が歓喜《かんき》！　鏡写しに泣き叫べ！　自傷の漆黒《スーサイドブラック》！」

勢いよく魔力を放出すると、それは漆黒の霧に変わって輝夜の身に纏《まと》われた。

ベアトリクスはすぐに悪夢の運び手《ナイトメアブリンガー》の異名をもつ聖痕魔法使い《マギカ・スティグマ》、音無輝夜を攻撃するということの恐ろしい意味を知った。

「うおおおおおっ!?」

予想だにしない未知の激痛。

自分の肩から袈裟懸けに、肉と骨を砕き潰しながら刃がめりこむ感触。

『自傷の漆黒』――相手の攻撃によって生じていたはずの苦痛を、相手にそのまま反射させる魔法。

ベアトリクスは叫んだ。だがそれは叫び声ではなかった。

ベアトリクスは口元に笑みを浮かべ、その声色《こわいろ》には歓喜《かんき》の色が混じっていた。

「そうか……私の攻撃は、こういうものだったのか……！」

その反応に、輝夜《かぐや》はゾッと背筋を凍えさせた。

「武人の加護よ、我が身に渦巻き神力《メギン》を倍増させよ！　無限の戦いに駆り立てる神の意思を、この身に！　渦巻く神威の帯《メギンギョルド》!!」

ベアトリクスの身体に光の帯が渦巻き、その身体能力が倍増した。

さらに攻撃力を高めて刃を返し、ベアトリクスは躊躇《ためら》いなく輝夜に二撃目を放つ。

「ぐうううう！　……ふふふ！　ふはーっはっはっは!!」

叫びと爆笑を繰り返しながら、ベアトリクスは何度も何度も輝夜に刃を振り下ろす。

すでに二度も三度も死を迎えるような痛みのはずだった。

ベアトリクスの叫びと笑いとともに、輝夜の魔力もどんどん打ち砕かれ、散っていく。

輝夜の身を守るものは、輝夜自身が生み出す抵抗《レジスト》だけだ。

『自傷の漆黒《スーサイドブラック》』は幻痛を返すだけで、何の防御効果も持たない。

防御魔法ではなく、相手に攻撃を躊躇わせる魔法に過ぎない。

だがこの戦士が攻撃を躊躇うなどという臆病風に吹かれることはあり得なかった。

そしてこの強敵の一撃は、抵抗ごときで耐えるにはあまりにも重い。

「なるほど、確かに強化魔法を唱えるごとに痛みが増す！　さすが我らがトール神の魔法だ!!　その加護を、我が身で実感できるぞ!!」

信じられない。この人は……歓喜に震えている!!

「天上のトール神よ！　我が剣舞を嘉《よみ》して咆哮《ほうこう》を鳴り響かせよ！　天の雷鳴この剣に宿し、もはや干戈《かんか》交わすことも許さず、葬る!!　雷　鳴　剣《フロールジメギン》!!」

ベアトリクスが剣を高々と天にかざし、その銀の刃に稲妻《いなづま》が落ちた。ベアトリクスの大剣に、雷の属性が付　与《エンチャント》される。

この狂戦士は、さらに自身の攻撃力を高めようというのだ。

身を斬られる痛みだけでは飽き足らず、感電の苦痛も我が身で味わいたいのか！

輝夜はたじろいだ。電撃とは電子の運動によって生じる微少な現象である。

それは人間にはイメージすることが困難な現象だ。すなわち電流は通常魔法によって発生させることが難しく、抵抗《レジスト》によって相殺しづらい。

だが輝夜には一樹《かずき》のように、ベアトリクスの攻撃を先読みすることは出来ない。

先読みが出来なければベアトリクスの攻撃はすべてが回避不可能の神速である。

電流が宿った一撃が、黒い霧をまとった輝夜を斬り裂く。

輝夜は棒立ちしながら自分の精神力がガリガリと削られる感触を味わった。

ベアトリクスは笑いながら叫んだ。

「トール神よ！　いかなる苦難にも屈さぬ武勇《ぶゆう》を照覧《しょうらん》あれ！」

北欧騎士の鋼の戒律が、戦士の本能的なマゾヒズムが、苦痛を快楽に変えている。

マゾヒストの上に電撃使いだなんて……最悪の相性だ！

「形無き物言わぬ影よ、妄念孕《もうねんはら》んで闇に泳ぐ魚となれ！　悪夢の起源、唯物流転《ゆいぶつるてん》、恐怖と期待に応えて食らいつけ……！　影底の闇《ディープスペクター》！」

輝夜《かぐや》は凄《すさ》まじいまでの砕魔《さいま》の衝撃に耐えながら、詠唱《えいしょう》していた魔法を発動させる。

痛みで頭がいっぱいのベアトリクスの背後の影から、それは襲いかかる。

影の漆黒がむくりと膨らみながら身を起こし、大きく開いた口に鋭利《えいり》な牙《きば》がズラリと並べた怪物と化した。その大口が、真上から包み込むようにベアトリクスに食らいつく。

「うおっ⁉」

痛みに集中を奪われていたベアトリクスはその奇襲をまともに食らった。怪物に顔面から食いつかれ、ベアトリクスは怪物に刃を突き立てようと腕を振り回す。

だがそのとき地の底に待機していた触手《しょくしゅ》が、待ちかねたとばかりに地面を食い破って伸び生え、刃を振るおうとするベアトリクスに絡《から》みついた。

たとえ痛みに屈せずとも、意識は必ず乱れる。

その乱れで時間を稼げれば、それで十分なのだ。

「この程度で私の動きを封じられると思っているのかッ！」

ベアトリクスは一喝しながら四肢《しし》に力感をみなぎらせ、触手を引きちぎった。

改めて、自分の胸から上に食いついて離れない怪物に大剣を突き立てる。

影の怪物は刃で刺され、思わずベアトリクスから跳ね飛んだ。影の怪物はベアトリクスから間合いを離して逃げようとする。ベアトリクスは周囲の触手を薙《な》ぎ払ってから、怪物に止《とど》めを刺さんと詰め寄る――輝夜から意識を外して。

歴戦の戦士らしくもない視野狭窄《しやきようさく》。

……意識を乱れさせればそれで十分だ。

輝夜は接近戦を恐れることなく、狂戦士の背後に忍び寄った。

「生死の狭間《はざま》を輝く五つ星、回る回る死神の気まぐれに強奪《ごうだつ》されて、物言わぬ惨めな泥人形となれ！　……隣死の極輪《ニアデスルーレット》!!」

一撃ごとに感覚を破壊する鎌を、輝夜は振り上げた。

これまで輝夜はベアトリクスの魔力をろくに削っていない。だがそれでも問題ない。この鎌は一撃ごとに五感を一つずつ破壊し、六撃目で脳と肉体の間の魔力回路を断絶させる。

「……！」

ベアトリクスは影の怪物にとどめを刺すと、ハッと殺気に気づいて背後を振り返った。

†

「北欧騎士団の方にしよう」

〈陰陽大極図《おんみようたいきよくず》〉によって大魔境《まきよう》全体に感覚の目を飛ばしながら、尚香《しようこう》は決断した。

「どうしてだ？　レベル2の方でのドタバタの方が重要度が高《たけ》えんじゃねえか？」

しゃがみこんで精神を集中させる尚香の後ろにくっつき、シリラットはたずねる。

「レベル2に行くには林崎一樹《はやしざきかずき》の道のりをたどって門《ゲート》を通って行かにゃならねえから、時間がかかる。道のりに魔獣《まじゆう》も出るしな」

「壁ぶっ壊せねーかなー」

「試してみねえとわからねえ。試さねえとわかんねえことなんてしねえでいい」

シリラットは自分の力を試したがったが、尚香はドライに言った。

「それよりも……林崎一樹が一番恐れてることは何だと思う？　自分のいねえところで味方がやられることさ。そこを救ってやれば林崎一樹に一番恩を売れるってわけよ」

「なーるほど、間違いねー！　そんじゃ……やっぱり香姐《コウジエ》は動けねえか？」

尚香は陰陽太極図への魔力の供給を断ち斬ると、その場でドサッと尻餅をついた。

「だーめだだめだ、この神器は便利は便利だが、魔力の燃費がサイテーすぎる。もう箸一本も持ち上げる魔力残ってねえっ！」

「しょーがねーなぁ。まぁ……梁山泊《りようざんぱく》が序列二番目、シリラット・デンカオセーン様一人で十分！　いってきまーす！」

シリラットはすっくと立ち上がった。

「アホ。一対三なんてしねえで林崎一樹の仲間と力を合わせて共闘しろ。相手も北欧騎士団だぞ」

尚香の指示にひらひらと手を振って返しながら、シリラットは北欧騎士団たちの侵入経路を辿《たど》っていった。

†

「一樹」と、一樹の背中にひっついたままの忍舞《しのぶ》先輩が口を開いた。

その後ろにはさらに雅美《みやび》先輩がひっついて今なお電車ごっこみたいになっている。

「どうしましたか？」

一樹は迫りくる死体を斬り倒しながらたずね返した。

「もしかしたらとずっと思ってたけど……一樹……戦いづらい？」

一樹は何も言えなくなった。

「……ごめんなさい。気付いていたけど、このまま離れたくない気持ちになって」

一樹の背後から、忍舞先輩がしょぼーんとする気配が伝わってきた。

「大丈夫ですよ、戦いづらさよりも俺《おれ》も嬉《うれ》しさの方が大きかったですから」

「……本当に？　気を遣ってるんじゃや……？」

「本当ですよ。さっきの死体の偽者で、俺も寂しい気持ちだったんです」

「じゃあもう少し、こうしてる」

後ろからハートマークが飛んでくる。両腕を振り回しづらくはあるが、死体たちは経津《フツノ》御魂《ミタマ》の力によってもはや呪いの力を発揮できぬただの木偶《でく》に成《な》り下がっていた。

「キィ……」

だが——考えてみれば、ここは魔境《まきょう》なのだ。

当たり前のことだが、敵は死体だけでなく魔獣《まじゅう》もいた。

一樹《かずき》たちと死体の戦いの物音を聞きつけて、カラスが生ゴミに群がるように遠くの空から飛んでくるものたちがいた。

レベル2の暗闇の森に現れたのは、禍々《まがまが》しい悪魔たちだった。

コウモリのように節くれ立った翼を生やした、巨大な目玉——『ビッグアイ』が魔力のこもった視線を投げかけてくる。

精神攻撃魔法だ。一樹は精神集中して耐え、経津御魂で視線そのものを断ち斬った。

同じく翼を生やし、山羊《やぎ》の顔を持った筋骨隆々《きんこつりゅうりゅう》たる悪魔——『グレートデーモン』も群れをなして飛んでくる。人間を大きく上回る力で三《み》つ叉《また》の矛を振り回す悪魔に、琥珀《こはく》と華玲《かりん》が矢面《やおもて》に立って雅美《みやび》先輩と忍舞《しのぶ》先輩を守った。

死体もまだいる。死体も入り交じっての乱戦となった。

乱戦で力を発揮する人間が、一樹たちの仲間にいた。

「一樹……本当のチームワークでちゃんと戦う！　……ベルフェゴールに与えられし汝《なんじ》の翼、〈炎の氷柱《つらら》〉よ！　地獄の制空権を握り、逃がれられぬ矛盾の爆撃を下せ！　炎の氷《バーニングアイ》柱《シクル》！」

忍舞先輩が一樹の背中からパッと離れ、マルコシアスの幻影体を生み出した。赤いクリスタルで出来た翼を生やす狼《おおかみ》に、忍舞先輩と雅美先輩が跨《また》がり空を翔《か》ける。

ビッグアイやグレーターデーモンが飛ぶよりもさらに上空に上がり、そこから赤いクリスタルをバラ撒《ま》いた。熱と冷気を同時に帯びた爆風を発する赤いクリスタルが、次々と爆発する。悪魔たちや死体たちはその破壊力に、たちどころに砕け散った。

「先輩、ありがとうございます！」

「頑張る。もっと見てて。褒めて」

「忍舞先輩強い！　カッコイイ！」

「……ふふふ」

一樹が声援を送ると、空中の忍舞先輩は嬉《うれ》しそうな顔で一樹にピースをした。

チームワークを意識してくれた先輩に、心強さを感じる。

……だがそれでも胸にこびりつくような不安感が残る。

このレベル2に、この状況を作り出した人間がいる。

死体の魔法を唱えた人間だ。誰《だれ》かが侵入しているのだ。

見つけ出さなければ、魔境内の神器を奪われてゲームオーバーになりかねない。

一樹は内心で焦りを覚えていた。だが逸《はや》る一樹の前に、魔獣と死体が立ち塞《ふさ》がる。

……むしろ、侵入者の方からこちらに来てくれはしないものか……。

一樹《かずき》の脳裏にちらりとそんな願望が浮かんだ、そんな瞬間だった。

「……苦悶《くもん》に宿る毒素よ、生命《いのち》遍《あまね》く朽《く》ちさせよ……疫病の風《プレイグペイン》！」

死体と魔獣に紛《まぎ》れた向こう側から、魔力が発生するのを一樹は感じた。

毒をまき散らす魔法——魔力の波長から、一樹はそれを感じ取れた。

不意打ち。だがその対処法が容易に頭に浮かんだのは、壬生《みぶ》先輩がかつて唱えた『破滅叫喚の邪竜嘔吐《アポカリプスベノム》』に似た魔法だったためだ。

一樹は即座《そくざ》にそれへの対処となる魔法を詠唱《えいしょう》した。

だがそれだけではなかった。

「発狂心音《サイコノイズ》！」

それもかつてナイアーラトテップが唱えたのと同じ魔法だった。ゆえに一樹は考えるよりも先に経津御魂《フツノミタマ》を振るい、精神攻撃の音波そのものを斬って落とした。

そのおかげで魔法を発動させられた。

「大気の流れよ、この身に収束し、仇《あだ》なすものを拒絶する嵐となれ！　台風の目こそ我が玉座！　風陣結界《ストームフォート》！」

一樹は自分と仲間たちの周囲に激しい竜巻を引き起こした。

何者かが唱えた毒素を含んだ風は、一樹が巻き起こした竜巻によってあらぬ方向に拡散した。かえってビッグアイやグレートデーモンといった魔獣がバタバタと倒れて消滅していく。魔獣たちの悲惨な姿から、その魔法がいかに強力なものだったか知れた。

相手は魔法の詠唱を封じ込めながら強力な毒の魔法で不意打ちを狙ったのだろう。

天なり命なり、それはあっけなく無効化された。

そしてそれは同時に、一樹にとって福音だった。

何者かが不意打ちに来た——望むところだ！　この場で絶対に見逃さずに倒す!!

相手の行動に「バカめ」とすら思う。どう考えても、自ら姿を現すなど悪手だ。

不意討ちを封じ込めた一樹の素早い迎撃は、敵にとっての不意打ちとなる。

躊躇《ためら》うタイミングじゃない!!

「ソロモンの印《ゼコルベニ》！」

一樹は胸元のペンダント型の魔導礼装《デコルテオブリージュ》に、ロッテとの絆《きずな》からプロメテウスの意識体を引き寄せた。ロッテとの絆が１５０に達して、新たに可能となった力。

「叡智礼装《モード・ヴェリタス》!!」

一樹の四肢《しし》が、流線型の白銀の魔導礼装に包まれる。

そしてプロメテウスの魔法を瞬間的に発動させた。

「天翔《か》ける翼、睥睨《へいげい》する瞳、侵略の劫火《ごうか》——神の権限をここに顕現《けんげん》させ、我は文明の代行者として深く深く進撃せん！　深略兵装《ディープストライカー》!!」

一樹の身体に巨大な推進《スラスター》システムが装着され、一気に前方向に加速する。突き出した経津御魂が並み居る死体や悪魔を弾《はじ》き飛ばし——

その先に隠れていた者を刺し貫いた。

「ぐがぁあ……！」と声を漏《も》らすのは、黒いローブを着た肌の青白い女だった。

伊勢神宮《いせじんぐう》でロキの手勢《てぜい》がこのローブを身に纏《まと》っていたのを一樹《かずき》は見たことがある。

〈ヘル〉をその身に宿している憑依《ひょうい》魔法使いだ。

その横に、黒いパンクファッションを身に纏った少女が、一樹に両手を向けていた。

この少女にも見覚えがある——ナイアラー子と、香耶《かや》が紹介した子だ！

その少女は一樹に向けて今、まさに魔法を発動させんとする瞬間だった。

「混沌《こんとん》宙域より我が声に応じよ……暗星空間《メテオゾーン》!!」

少女の両手の平《ひら》のうちに小さな黒い渦が生み出され、その中から無数の小型隕石《いんせき》が散弾《ショット》銃《ガン》のごとく発射された。

これも一瞬の判断だった。

「人類の庇護者《ひごしゃ》よ、暴虐《ぼうぎゃく》なる神の意志に抗《あらが》うための英知をここに……迎撃兵装《カスタムリベリオン》！」

一樹はプロメテウスのレベル6魔法を瞬間発動させ、そちらに兵装を切り替えた。

直線的な機動を得意とする『深略兵装《ディープストライカー》』から——小刻みな全方位機動を得意とする『迎撃兵装』に。

一樹は隕石の軌道を読み切り、隕石と隕石の間をジグザグに高速で切り抜けた。

相手の攻撃から逃げ切りながら、敵の姿を確認する。

ナイアラー子。ヘル。同じくローブを着た爬虫類《はちゅうるい》じみた顔の女——こいつは世界蛇を憑依させた魔法使いに違いない。そして……愛洲移香斎《あいすいこうさい》！

艶《あで》やかな和服に身を包んだ女が、その一団の中にいた！

一樹は迎撃兵装に備え付けられた大型ガトリングを四人に向けて乱射した。ヘル、ナイアラー子、世界蛇の三者は為《な》す術《すべ》なく魔力をガリガリ削られていく。

だが移香斎だけは素早く射線から回避した。

「貴様らは他の奴《やつ》らを抑えろ!!」

移香斎は仲間たちに叫びながら、魔法を発動させた。

「……ここに奉納するは、嵐のごとく花散らす舞！　嵐を呼ぶ貴神よ、下天で踊る我が背に汝《なんじ》の息吹を授けたまえ！　風迅剣舞《ふうじんけんぶ》!!」

移香斎の契約神魔《ディーヴァ》〈スサノオ〉が移香斎の身に嵐を吹き起こし、その風が移香斎の動きを加速させた。

風に乗るがごとく身軽さで移香斎はガトリングから身をかわしていく。

「一樹、死体と魔獣《まじゅう》は片付け終えた……！」

マルコシアスに騎乗した忍舞《しのぶ》先輩が、空高くから移香斎に赤いクリスタルをバラ撒《ま》く。

だが移香斎はそのクリスタルの落下点を先読みし、するすると回避する。

移香斎に攻撃を当てることがそう容易《たやす》いことではないのを、一樹は熟知している。

「風陣結界《ストームフォート》！」

一樹は再び竜巻の魔法を発動させた。この魔法はただ竜巻で身を守るだけではない。その竜巻は一樹の意思で制御され——自由落下するのみだった赤いクリスタルに複雑な動きを付与していく。熱と冷気の爆風も風によって自由自在に移香斎《いこうさい》を追いかけた。

「チームワーク……」

忍舞《しのぶ》先輩が熱っぽい声でぼそっとつぶやく。ハートマークが飛んだ。

「こしゃくな真似《まね》を……！」

移香斎は必死にクリスタルから逃げ、一樹《かずき》は『迎撃兵装《カスタムリベリオン》』でそれを追いかける。

「暗星空間《メテオゾーン》！」

ナイアラー子が空から爆撃を続けるマルコシアスに隕石《いんせき》を撃《う》ち放った。

「大地の力よ、意思と生命を持って獲物に食らいつけ……蛇岩咬《イワークバイト》!!」

世界蛇も地面に手を当てると、そこから無数の岩石が飛び上がり、飛来する岩石は連なり岩の蛇に変化してマルコシアスを襲った。

マルコシアスの幻体は飛来する隕石をかろうじて回避するも、それでバランスを崩したところを真《ま》っ直《す》ぐ飛んできた岩石の蛇に襲われた。蛇は体当たりから巻き付きにかかり、岩石の牙《きば》で噛《か》みつく。マルコシアスの幻体は雄叫《おたけ》びを上げながら消失した。

「きゃっ！」

マルコシアスの幻体に乗っていた龍瀧《りゆうたき》姉妹が落下する。

「魂の管理者よ……その権限を我が手に形成せ、生命刈り《グリムリーパー》！」

ヘルがその手に巨大な鎌を生み出し、龍瀧姉妹の落下点に飛び込んで待ち構える。

大和《やまと》の魔法使いたちが思いも寄らぬチームワークを見せた。

「させるか！　……圧殺しろ、〈太郎太刀《たろうだち》〉！　抜刀解魂《ばっとうかいこん》——阿修羅《あしゅら》両断!!」

それを防ぐべく、琥珀《こはく》が飛び込んでいった。愛刀《あいとう》の神器を巨大化させ、ヘルの鎌に思い切り打ち付ける。鎌と太刀の鍔《つば》迫り合《あ》いとなった。

「今だ、華玲《かりん》！」

琥珀が呼びかけると、華玲が巨大な武器の間を駆け抜け、疾風のごとくヘルの懐に飛び込んだ。飛び込みざまに地面を激しく踏みしめ、肩から思いきり体当たりをぶちかます。

「鉄山靠《てつざんこう》！」

華玲の小柄な身体がまさしく大砲の弾丸のごとく、ヘルを何メートルも弾《はじ》き飛ばした。

無事に地面に着地した忍舞先輩が、「ありがとう」と二人にお礼を言った。

「仲間なのだから当然だ」

琥珀がそう言うと、忍舞先輩は目を見開き、頬《ほお》を染めた。

そして琥珀の傍《そば》に寄り、その頬にちゅっとキスをした。琥珀は目を丸くした。

「な、何をする!?」「友達」「友達!?」などと二人は戦場のただ中でわめき合った。

「じゃあ私も」と、雅美《みやび》先輩も琥珀の頬にキスをする。

「ええい、何だかこっぱずかしい！」

双子の姉妹が擦りついてくるのを、琥珀は引きはがした。

敵のナイアラー子がなぜか羨ましそうな、物欲しそうな目でそれを見つめていた。

「とにかく一樹、こいつらは某《それがし》たちに任せて相手の将を討ち取れ！」

琥珀《こはく》の言葉に背中を押され、一樹《かずき》は遠慮《えんりょ》なく移香斎《いこうさい》に意識を集中させる。

「移香斎！　宝探しなんかで決着をつけるのが嫌でわざわざ来たか⁉」

「……それだけが理由ではない！」

苦虫を噛《か》みつぶした表情で、移香斎は言い返した。

そのとき一樹は移香斎の左手に、何か鏡のようなものが握られていることに気がついた。

そのせいで移香斎は片手剣になっている。

もともと二刀流のたしなみがあったのか、その構えに不慣れなところは感じない。

また新しい神器か。石上神宮《じんぐう》のときのように。

鏡……。いや、まさか……。

一樹は尚更《なおさら》、この場で移香斎を倒さねばならないと考えた。

「悪いが今回は最初から全力で……ソロモンの力を使わせてもらう！　我が身に稲妻《いなづま》降りて雷意神速を得ん……眠れる獅子《しし》を呼び覚ませ！　電神瞬身《ライドライトニング》！」

全身を駆け巡る電気信号を増幅・加速させるバールの強化魔法を発動。

身体能力はもちろん、精神活動も加速化して魔力も増幅させる。それは魔力を燃料に機動する『迎撃兵装《カスタムリベリオン》』の性能も加速させる。

ロッテとの絆《きずな》をソロモンの印に宿すことが可能となって一樹の戦術の幅はさらに広がった。こうなれば一樹はもはやスピードで移香斎に劣るということはない。

「汝《なんじ》の怒りは戦巫女《いくさみこ》の喜びなり。招魂の神楽に応え叫びの嵐を巻き起こし、雲を割ってここに降りたまえ……怪力乱神をこの身に！　超力招来《ちょうりょくしょうらい》!!」

移香斎も一樹に呼応《こおう》するように強化魔法を重ねがけさせた。スサノオの超力が四肢《しし》に宿り、その力感を増させる。

二人の戦いにおいてはもはや約束ごととなった、超常速度の斬り合いが始まった。

趨勢《すうせい》はすぐさま傾いた。

「くっ……前よりも速くなった!?」

死角から死角を駆け抜ける一樹に、移香斎が狼狽の声を漏《も》らす。

一樹の四肢に装着された『迎撃兵装《ディープストライカー》』の鋭角的な装甲には至るところに可動式の推進《フレキシブルスラスター》ユニットが備わり、直線的な『深略兵装』とは異なる自由自在の加速・静止・方向転換を可能とする。

しかもその動きは地面を走るのではなく、空中を自在に機動する立体的な動きだ。

さらに両脚《あし》の装甲に鋭いブレードが備わり、両脚でも斬撃が可能となる。

もはや人間の生身で操る剣術とはまるで別物である。時間を圧縮させたような超加速の中で、一樹はまったく新しい形の剣術を追求する。

加速し、多彩化し、他に類を見ない一樹の斬撃が移香斎を容易《たやす》く追い詰めた。

「王の力だけでここまで変わるか！　ぼくにはこれが欠けるというのか！　スサノオの力は〈簒奪《さんだつ》〉……誰《だれ》かから奪わなければ……！」

移香斎は一樹の攻撃を先読みしてかろうじてかわし、弾《はじ》き、受け流す。

防いではいるが、速度差は移香斎《いこうさい》から反撃の機会をいっさい奪った。

だが一樹《かずき》からしても防御に徹《てつ》した移香斎に一撃を与えるには工夫がいる。

「くそっ！」

たまらずというふうに移香斎はバックステップした。それは速度に勝る一樹から逃げられると思ってのことではなく、心理的な反射行為だった。

焦りが、剣士に本来あってはならない安易な行動をとらせる。

「深略兵装《ディープストライカー》！」

一樹は再びソロモンの印の力で魔法を瞬間発動させ、兵装を切り替えた。

直線的な加速はこちらの兵装の方が優れている。

一樹は一気に加速し、バックステップした移香斎に追いついた。

ソロモンの印で瞬間発動させたその魔法には、何の予兆もなかった。

前触れなき急加速。移香斎はこの急接近に反応できまい。自分が同じことをされても対処不可能だと一樹は思う。ベアトリクスのような反射神経で動く戦士ならともかく先読み剣士には無理だ。自分自身がそうだからこそ、頭に閃《ひらめ》いた選択だった。

一切の反応を許さず、電光の速さで移香斎を貫いた。

砕魔《さいま》の反動が交通事故のように移香斎の体を弾《はじ》き飛ばす。

ひとたび攻撃が当たれば、そこからはもう逃れられない。

移香斎が吹っ飛ぶよりも速く一樹は追いつき、さらに一撃、二撃、三撃と攻撃を加える。

移香斎の体がピンボールのように跳ね飛び続けた。

ここでとどめを刺す。そのつもりでラッシュをかける。

「……ス、スサノオの恵みたる〈稲の配偶者《いなづま》〉よ、地を覆う荒暴《こうぼう》打ち砕く力を示せ……平《へい》定万雷《ていばんらい》!!」

だが一樹の連撃を受けながら、移香斎は流れを変えるべく呪文を詠唱《えいしょう》していた。

国土の平定者にして嵐を呼ぶ者、スサノオの高レベル魔法。

攻撃を続けようとする一樹の頭上に突如として暗雲が立ちこめた。

電荷をたっぷりとため込んだ雲と雲がぶつかり合い、その衝撃で雷の雨が乱れ落ちる。

先読みしても回避しきれない、大規模破壊魔法だ。

「バベルの高みにこの手を伸ばし、今この手に神の落雷を握りしめん！　我が命に従い、稲妻《いなづま》よ、意のまま渦巻け！　超電磁結界《コレダーフィールド》!!」

一樹はすかさず武装籠手《ガントレット》を生成し、そこから電撃のバリアを張った。

魔力の波動から攻撃属性を読み切り、それに最適な防御魔法を選びとるという一樹の得意戦術。

だが鳴《な》り止《や》まぬ雷雨は籠手《こて》がそのエネルギーをすべて放出しきっても続き、一樹の防衛魔力と『深略兵装』に深刻なダメージを与えた。

移香斎がついに反撃に出た。雷光がいまだ輝く中、銀閃の刃を振るい推進《スラスター》システムを刺し貫く。その一撃で『深略兵装』はその機能を喪失《そうしつ》し、光となって消滅した。

一樹《かずき》の機動力を奪い、移香斎《いこうさい》は口元に笑みを浮かべる。

「迎撃兵装《カスタムリベリオン》!!」

だが一樹は即座《そくざ》にソロモンの印に魔力を注ぎ直し、再び機動装甲を装備し直す。

「……さっきのは単に換装《かんそう》したというわけではない!?」

移香斎は驚愕《きょうがく》で笑みを吹き消した。

せっかく壊したと思ったのに……とその表情が失望に染まる。

「そのペンダントに魔力を集中させていた！　……いや、そこに何かが憑依《ドライブ》している!?

ソロモンの王の能力とは……憑依魔法使いと同じ瞬間詠唱《えいしょう》だというのか!!」

ようやく雷雲が晴れ渡った。

周囲は木々が焼け焦げた荒れ野となり、一樹は移香斎と見通しよく対峙《たいじ》した。

「タネがバレたからってどうってことはない！」

迎撃兵装を加速させ、一樹は再び移香斎を防戦一方の状態に押し込む。

そういえばソロモンの印を使って移香斎と戦うのは初めてだと、一樹は改めて思った。

勝てる。この力を自分が使いこなせば、互角ではない。

だが余裕というわけではない。大量の魔力をソロモンの印に吸われ、一樹は意識が朦朧《もうろう》
としかけていた。制御の特訓をしていたにもかかわらず、印の力を使う度に脳味噌《のうみそ》を吸い
込まれるかのような強烈な感覚を強いられる。

深略兵装《ディープストライカー》、迎撃兵装、深略兵装――などと連続詠唱をすれば、その消耗《しょうもう》は尋常《じんじょう》ではない。

もしも移香斎が一樹の消耗に気付いて持久戦に持ち込んでくれれば、一樹は一転して苦境に置かれるだろう。けっして疲弊を表情に出すわけにはいかなかった。

余裕の表情で移香斎を圧倒しなければならない。

一樹が余裕の笑みを繕うと……移香斎は焦りをありありと浮かべた。

「くそっ！　速い！　ぼくには……このままでは無理だと言うのか……！」

一樹はさらに魔法を発動させた。

「天堂の光をその身に宿す極楽鳥よ、我が告訴《こくそ》のまま地上の罪を焼き払え！　裁きの極光《イーサリアル・ジャッジメント》!!」

プロメテウスをソロモンの印に宿しながら、フェニックスの魔法を通常詠唱する。

一樹の背に眩《まばゆ》い光が集中し、それが巨大な熱線となって移香斎に撃《う》ち込まれる。

移香斎が一樹に回避しようのない雷雨の魔法を撃ったのと同じく、これもまた回避しようのない一撃。移香斎の表情に、絶望が浮かんだ。

だが一転して、移香斎は腹をくくったような顔になった。

そしてそれまで手にしておきながら一切使うことのなかった鏡を、自分の前面に突き出した。古めかしい青銅の鏡だ。

「万象《ばんしょう》を照らせ、〈八咫鏡《ヤタノカガミ》〉！　封鏡解魂《ふうきょうかいこん》――水鏡《みかがみ》の盾《たて》!!」

青暗く曇っていた青銅の鏡が移香斎の魔力を吸って輝きを取り戻し、同時に巨大化して盾となった。掲げられた鏡の盾は、一樹の放った光線をその鏡面に映し込む。

光線が鏡に映ると、光線のすべてが鏡の盾《たて》に吸い込まれた。

一樹《かずき》は目を瞠《みは》った。レベル６の攻撃魔法を完全に無力化させる防御性能……！

あれはやはり……三種の神器だ！

一樹は動揺を押し殺した。余裕の表情を失ってはいけない。

移香斎《いこうさい》も、自分で使っておいてその神器の力を初めて知ったというふうに声を発した。

「防げる……貴様の攻撃を！　防ぎ得るぞ!!」

すかさず間合いを詰め、経津御魂《フツノミタマ》を振るう。

移香斎は体勢を乱していたが、片手に掲げたままの鏡の盾に一樹の腕が映り込んだ。

すると鏡の盾は跳ね飛ぶような速さで動き、一樹の斬撃を防いだ。

一樹は連綿とした動きで脚部のブレードを移香斎に振るった。だがその脚《あし》の動きも鏡の盾に映り込む。鏡の盾は再び跳ね飛ぶような速さで動き、ブレードを受け止めた。

それは移香斎の意思や判断というより、盾に意思があるかのようだった。盾が攻撃を吸い寄せる、あるいは攻撃が盾に吸い付くように防がれる。

これは……鏡に映った攻撃を、ことごとく防ぐ盾……!?

「くっ……おおおおおっ！」

不意に、移香斎が吠《ほ》えた。

「スサノオ、ぼくにもっと力をよこせ！　どんな手段を用いても、ここで……！」

吠えると同時に移香斎の右腕に濃密な魔力が渦を巻いた。密度を高めた魔力が現実を、移香斎の腕をねじ曲げる。艶《あで》やかな着物の裾から覗《のぞ》く移香斎の色白のなまめかしい細腕が、膨張するように骨格と筋肉が膨れあがり、黒光りした男の腕となった。

　スサノオの腕だ。

「移香斎……神魔《ディーヴァ》に自分の身を譲り渡そうと言うのか！」

　一樹は奇妙《きみよう》な焦りを感じた。ライバルと認める相手が……その身を捨てつつある！

「譲らん！　ぼくはぼくであることを捨てん!!」

　それはかつて一樹が移香斎に忠告したことだ。

「……スサノオ！　貴様にくれてやるのは右腕までだ!!　ぼくはぼくのまま……誰《だれ》もぼくを見下すことなど認めんのだ!!」

　叫んでいる間に一樹は移香斎の死角に回って経津御魂を突き込む。

　蜂の一撃のごとき突きは、『水鏡《みかがみ》の盾』が自動的に弾《はじ》き返した。

　左手の鏡に映されない範囲――移香斎の右側にまわる必要がある。

　だがそちらに一樹が機動するのを、移香斎は当然読んでいる。

「天上の玉鋼を磨きし十束之剣《とつかのつるぎ》よ……嵐を穿《うが》つ閃光を放て！　これぞ蛇之麁正《オロチノアラマサ》……八つ裂き降臨、天羽々斬《アメノハバギリ》!!」

　黒々としたスサノオの右腕に暴風のごとき魔力が巻き起こり、手のうちに集束されて一本の剣となった。

　刃先が八ツ又に別れた奇怪な刃である。その剣は一振りで八筋の斬撃を生み出す。

鏡の範囲外へとまわる一樹《かずき》を振り払うように、移香斎《いこうさい》は大きくその剣を横に薙《な》いだ。

一樹もその軌道を読み切り、迎撃兵装《カスタムリベリオン》で真上に急転回する。

移香斎の刃が空を斬る——と思われた。

だがスサノオの豪腕が生み出した斬撃は、ただの斬撃のみならず凄《すさ》まじい剣風も生み出した。八筋の暴風——斬撃というよりもそれは大規模攻撃魔法だった。

かわしたつもりが暴風の余波を受け、一樹は吹き飛ばされた。

もしもまともに食らえば、そのダメージは今までの比になるまい。

「……攻撃力と防御力で……貴様を上回ったぞ」

右腕を魔人に変え、左腕で鏡の盾《たて》を手にして、移香斎は一樹を睨《にら》む。

だが移香斎の表情は苦悶《くもん》に歪《ゆが》んでいた。

「もはや剣士と剣士の戦いではない……。たとえ貴様がソロモン王の力を高めようとも、ぼくはぼくのやり方でそれを上回ってみせる……互角だ、ぼくと貴様は。だから最後には三種の神器の数で、ぼくが勝つ……。そして貴様の力を……ぐっ！」

叫ぶ移香斎の口から、ごぽりと血が溢《あふ》れ出た。白い肌の口元や艶《あで》やかな着物が赤黒く汚れる。移香斎は自分の右腕だけにスサノオを憑依《ひょうい》させ、それ以上は侵蝕されないよう意思の力で抑えつけようとしている。だがそのスサノオとの争いが、移香斎の身体を内部から歪ませ破壊していた。背筋を痙攣《けいれん》させて、魔人と化した移香斎は血を吐き続けた。

「……もうここが限界です」

しわがれた女の声――ヘルの声がした。

雷雨によって荒野になった一樹と移香斎の戦場に、黒ローブの二人とナイアラー子が逃げるように駆けてくる。その後を、琥珀《こはく》たちが追いかけてくる。

向こうでもみんなが互角以上に立ち回っていたのか。……いや、黒ローブたちに比べて琥珀たちの消耗《しょうもう》が激しい。つまり黒ローブたちが限界なのではなく、移香斎が限界だと判断されたのだ。

血を吐いていた移香斎は猛然と顔を上げ、ヘルの女を睨みつけた。

「貴様……このぼくをまた見下そうというのか……ぼくは……！」

「……神魔《ディーヴァ》の力を思い通りに憑依させて自由に使うのは、そんなに簡単なことじゃありません。ですが、私たちとロキが力を貸しましょう……。その戦い方をするなら、あなたには時間が必要です」

「くっ。……覚えていろ、林崎《はやしざき》一樹！　最後に勝つのはぼくの方だ！　たとえ悪魔に魂を売ってでも!!」

「悪魔に魂を売るだと!?」

右腕をスサノオのものに変化させた移香斎は、まさしく悪魔に魂を売ったかのような姿をしている。だがそれ以上に――一樹の脳裏にはロキの不敵な笑みが思い浮かんでいた。

こいつはさっき、三種の神器をこちらより多く集められることを確信しているかのような口ぶりをしていた。スサノオの右腕よりも、そちらの方が一樹には不気味だった。

ロキが手を引いている……移香斎はロキの手駒と成り下がっている。

「退《ひ》くぞ、世界蛇《ミッドガルズオルム》！　神器を持ち帰る!!」

移香斎《いこうさい》は一樹《かずき》に鏡の盾《たて》を向けながら、仲間たちの方へと走る。

世界蛇が見る見るうちに、人間から巨大な大蛇にその身を変化させた。

「……逃がすか！」

一樹は地面を凍結させる『銀盤大舞踏《ムーヴズインザフィールド》』を詠唱《えいしょう》しはじめていた。

地面を凍らせれば地面と同化して逃げる世界蛇の脱出魔法は使えなくなる。

「発狂心音《サイコノイズ》！」

だが一樹の詠唱を妨害すべく、ナイアラー子が狂気の音波を飛ばした。

一樹は経津御魂《フツノミタマ》を振るって、妨害音波そのものを斬り飛ばそうとする。

ナイアラー子は『そういえばそれがあった！』と泣きそうな顔をした。

そのとき空から何かが飛んできて、経津御魂が根元から砕け折れた。

「!?」

一樹は音波の切断に失敗し、頭が割れるような妨害音波をまともに受けた。準備していた魔法が霧散《むさん》する。今のは何だ……!?

何かが高速で飛んできて、経津御魂を折った。

空から飛んできた小さな……小型隕石《いんせき》？

一樹は頭上を見上げた。そこには白銀の女王が、悠然と一樹たちを――いや、移香斎たちを見下ろしていた。

一樹は全身の体温が一気に冷たくなるのを感じた。

イリヤエリア・ムーロメッ!!

「説明せよ！」

白銀のナイフのような鋭さで彼女は言った。

「説明せよ、私は貴方《あなた》に林崎《はやしざき》一樹と戦うなと忠告したはず。どうして今、互いに矛を交えてしかもそのように追いつめられている？」

イリヤエリアは返答を聞くより先に、移香斎たちが撤退の準備をしているのを察した。

「……いや、返答は不要。そのまま撤退せよ。私がそれをサポートするゆえ」

そうは言うものの、もはや手助けが必要な段階ではなかった。

「土遁土畜生《ランドエスケープ》！」

巨大な蛇となった世界蛇は仲間たちを飲み込んで、頭から大地に飛び込んだ。ズルズルズル！とその長い尾が地面と同化しながら吸い込まれていく。

だが一樹は逃げる彼らを一顧《いっこ》だにせず、イリヤエリアに意識を奪われていた。

いや、イリヤエリアの手首に長い緒に繋《つな》がれたいくつもの赤い勾玉《まがたま》に、魂を奪われた。

あれは……あれも、三種の神器だ。

移香斎が使った鏡の盾も、イリヤエリアの手首に巻かれたあの勾玉も。

こいつらはどうやってか大魔境《まきよう》の奥まで侵入し、すでに神器を二つも見つけだしてしまったのだ。

……ロキが手を引いたのだ。この状況を作り出したのは、間違いなく。

移香斎《いこうさい》は逃げ去っていった。

「みんな」

一樹《かずき》はイリヤエリアから視線を外さずに、仲間たちに呼びかけた。

すでに完成された、一人の王。

……一度は格が違うと思い知らされた相手。

真っ黒い液体のような重圧間を腹の奥底に抱きながら、重い決意の言葉を吐き出した。

「ここでロシアの女王、イリヤエリアを倒す。絶対に逃すわけにはいかない」

四章　死線

レジーナは白鳥の翼で大空を飛び、大きな魔力が再び地上から飛び立つ瞬間を待った。

イリヤエリアが成層圏《せいそうけん》に飛び立つ瞬間。そこに奇襲のチャンスがある。

地表から大空までひと続きの〈対流圏《たいりゅうけん》〉に対して、それより上層にある〈成層圏〉は、異なる構造をもったいわば『異世界』である。魔法を発動させるには、対象となる座標をイメージできなければならない。だが対流圏に位置する人間が、成層圏という異世界をイメージすることは難しい。今、レジーナの頭上にはジェット気流が吹きすさび、その先の上層に成層圏という静寂《せいじゃく》が広がっているのだ。

この気象のフィルターを貫いて成層圏を飛ぶイリヤエリアを攻撃することはきわめて難しい。

ゆえにそれが隙《すき》となるのである。

このレジーナ・オリンピア・フォルナーラに出来ないことではない。安全地帯に逃げ込んだと安心した瞬間を、狙撃してやる。

「ふふふ……魔法先進国の一つがここで消えるな」

早く地上からこちらに飛び立ってこい。

アーサーが言うところの『世界のバランスを崩す』罪を重ねて魔境《まきょう》からでてこい。

レジーナ自身は魔境に一歩も侵入しない。ただイリヤエリアを断罪するだけだ。

レジーナは笑みを浮かべて地上を見下ろす。鷲の目をもってしても、さすがに詳細に戦いの様子がうかがえるわけではない。だが雷の雨で魔境の森が荒れ野になった一角で、一《かず》樹《き》と移香斎《いこうさい》が戦いを繰り広げている様がうっすらと確認できていた。

「あの剣士を退けたか。……あんな戦い方は、私にはしなかったな」

レジーナの声色《こわいろ》にわずかに興味の色が混じる。異なる属性の魔法を瞬間的に発動させていた気がする。これがソロモン王の力ということか……。自分との戦いのときに見せた『機転の良さ』に『戦い方の多様さ』が加われば……。

「だが林崎《はやしざき》一樹は、ここで死ぬかもしれんな」

レジーナはイリヤエリアと向き合う一樹を見下ろし、つぶやいた。

†

『隣死の極輪《ニアデスルーレット》』の刃がベアトリクスを肩口からバッサリと斬り裂いた。輝夜《かぐや》はベアトリクスの何の感覚が喪失《そうしつ》されるか注意深く観察しながら振り下ろした鎌を振り上げ、もう一撃を加える。連続で命中したのは、ベアトリクスが我が身の異変に動揺したからだろう。

「む……これは⁉」

歴戦のベアトリクスも動揺の声をあげて数歩退《ひ》く。その足元がおぼつかないのを見て、輝夜は視覚を奪い取ったことを確信した。……勝った。一樹のように魔力で動きまでも感じ取れるような知覚力強化魔法《エクストラセンス》の持ち主でなければ、致命的な欠損《けつそん》だ。

ここで勝負に賭ける。輝夜は畳みかけるべく距離を詰めて、鎌を振りあげた。

刃は空を斬った。

ベアトリクスは正確に紙一重にのけぞって、のけぞったままの卓越したボディバランスで大剣を振るう。輝夜は砕魔《さいま》の衝撃に身を揺るがせながら驚愕《きようがく》した。

「ふふっ、何を驚いている！　私は鎌を持った戦士とは、二十八回戦ったことがある！　その剣士と戦った回数よりはずっと少ないがな！　大ざっぱに魔力の動きがつかめれば、その鎌がどんな軌道を描《えが》くか体が自然と動くぞ！」

輝夜は衝撃から踏みとどまって鎌を振るうが、目が見えないはずのベアトリクスは正確に回避して合間に反撃を返す。

強引な性格に隠れた歴戦の技量が目を塞《ふさ》がれかえって露《あらわ》となった。

自分のニワカ仕込みの接近戦闘力じゃ、たとえ目を塞がせても、相討ち狙いでも、一太刀さえいれられない……⁉

「斬る度に痛みを感じるが……そこからも貴様の場所、体勢や動きがはっきりとわかるぞ！　ここが痛むということは……貴様はそこでそういう姿勢で立っているということだ！」

輝夜《かぐや》は思わず逃げ腰になって退《ひ》いたが、スピードで勝るベアトリクスには無意味だった。

「……つくづく相性が悪い！」

「いつも気に入った相手から逃げられるな、私は！　だが絶対に逃さん!!」

「……ねちっこい！」

輝夜は踏みとどまり、鎌を振るった。この間合いでどうにか一撃を当てるしかない。輝夜にねちっこいと指摘され、ベアトリクスは嬉《うれ》しそうに笑いながら痛がる。

「だったらもっと苦しませてあげる！」

輝夜も腹をくってベアトリクスと向き合った。

「その声色《こわいろ》、貴様、ドSの変態だな！　いいぞ、来い!!」

「来訪者を待ちわびる死神の囁《ささや》き声よ、広く深く響き渡り、夢幻を苦痛に染め上げよ！嗜虐《しぎゃく》の魔音よ鳴り響《とげとげ》け！　痛覚倍増《ウルトラバイオレンス》!!」

輝夜は脳裏に刺々しく響くサイレンに似た音波を発した。それはこれまで蓄積した苦痛を瞬間的に倍増させる大苦痛魔法である。

「うお……これはぁあああ!!」

さしものベアトリクスも表情を引き攣《つ》らせ、全身をガクガクと痙攣《けいれん》させる。輝夜はそこに感覚破壊の鎌を一つ、そして二つと入れる。――あと一撃！

「く……少しだけ驚いたぞ！」

ベアトリクスがさらに斬り返す。輝夜はもう一度『痛覚倍増』を発動させるために、下手《へた》に鎌を振り回すよりも抵抗《レジスト》と呪文に集中する。

ひたすら魔力を削られる輝夜と、苦痛の悪夢を強いられるベアトリクス。

奇妙《きみよう》に拮抗《きつこう》した攻防が続いた。

「痛覚倍増！」

輝夜は再び苦痛の音波を発した。苦痛に動揺したところに、最後の一撃を加える！

だがベアトリクスは歯を噛《か》みしめながら両目をカッと見開き、壮絶《そうぜつ》な笑みを浮かべた。

「それはもう味わった!!」

輝夜の鎌が空を切り、正確な反撃が輝夜の魔力を大きく穿《うが》つ。

……同じ手は通じない！　だったら……もう一度鎌を命中させる術は……。

無い。他にもうこの剣士を動揺させる術は……。

「痛いな！　だがこの痛みが……お互いを削り合っているということを実感させてくれる！　視覚も、嗅覚も、触覚も暗闇に閉ざされた！　それ故に痛みがより純粋に闘争を実感させてくれる!!　貴様も気に入ったぞ、音無《おとなし》輝夜!!」

つくづくやばい相手に目を付けられた。

「試さずにはいられないな、今この場で、貴様に私が『頭蓋を砕く音《ミヨルニル》』を打ち込んだらどうなるのか……！」

「それより先に私が……あなたを一撃で倒す！」

鎌はもう当たらない、自分の持つ選択肢では四撃が限界。それを理解してしまった。

今までの攻防は徒労だった。

自分がこの人を倒すには――『地獄想火《ゲルニカ》』か『輝く夜《ギャラクシー》』を発動させるしかなかった！

「面白い！　もっと何が出来るか……見せてみろ!!」

だが最初から気付いてもいた――この攻撃力を相手に、前衛の防御無しでそれだけの大魔法を唱えることなど不可能であることを。

今更それをしようとしても、自分の魔力はもはや長く保《も》たないだろうことも。

――ベアトリクスも輝夜《かぐや》の悲壮な決意を察し、急に声色《こわいろ》を落ち着かせた。

「……いや。純粋な魔法使いが単独でこれだけやるとはな。貴様の前に一樹《かずき》やその妹がいればどうなっていたか。敬意を表するぞ。……私よりも貴様の方が強いかもしれない」

仲間。不意に輝夜はその存在を思い出し、ちらりと周囲に意識を逸《そ》らした。

――輝夜のパーティー、他の七人は全員すでに倒れていた。

魔導礼装姿《デコルテオブリージュ》のエレオノーラとダミアンが、戦いの邪魔をしないように遠巻きに眺めている。その表情にはまだ十分な余裕があった。

彼女たちがその気になって三人で輝夜を囲んでいれば……。

この戦いには始めから希望などなかった。輝夜は気持ちが沈み込んだ。

自分が一番の難敵を引き受けたのに……七対二でそれではどうしようもない。

と――そのとき輝夜は何か頭の中がチリチリするような感覚を抱いてハッとあたりを見

回した。感覚がほとんど死んでいるベアトリクスも、何かに気がついたような顔をした。

「エリィ、ダミアン！　気をつけろ、何かが近づいてきている!!」

物音は一切しなかった。だが足音ぐらい通常魔法でいくらでも隠蔽《いんぺい》できる。感じたのは、隠そうとしても隠しきれない魔力の波動だ。

その魔力の波動も、ギリギリまで気付かれないように抑えつけられ、小さく歪《いびつ》なものになっている。輝夜とベアトリクスだから気付けたというぐらいに。

奇襲、不意打ちのための高等技術。

エレオノーラとダミアンが背後を振り返った。気配は、この二人の背後からだ。

突然にその刺客は――十分に近づいたところで物音を隠蔽するのを止《や》めたのだろう、茂みをかき分ける音を思い切り響かせて、四人の戦場に乱入した。

「世界を循環する力《シャクティ》よ！　破壊神の導きのもと我が手に集束し、三界を貫く憤怒《ふんぬ》の一撃となれ！　三界三叉戟《トリシューラ》!!」

浅黒い肌の梁山泊《りょうざんぱく》の少女――輝夜にも覚えのある相手だ。その手に抑えつけられていた魔力が解放されて渦を巻き、彼女の身の丈ほどもある三《み》つ叉《また》の槍《やり》となった。

輝夜は総毛立った。それは明らかに高レベル魔法の魔力規模だった。

あの少女は、あれだけの魔力をあんなにも小さく抑えつけていたのか！

エレオノーラとダミアンの表情にも戦慄が走った。

「我らがエーギルよ、大海の底知れぬ恐怖を我に貸し与えたまえ！　小さき者どもを弄《もてあそ》ぶ荒波を我に……天の輝く海《ヒミングレーヴァ》！」

エレオノーラは不意打ちの気配を察した瞬間に、攻防一体の魔法を詠唱《えいしょう》し始めていた。

「ヘヴリング《高くせり上がる波》！」

巨大な水塊がエレオノーラとダミアンの前に立ち現れ、あらゆる攻撃を減衰させる壁となる。それに守られながらダミアンが反撃の体勢をとった。

「しゃらくせえ！　蒸発させろ、火のトリシューラ！」

少女の手にする三《み》つ叉《また》の槍《やり》が真《ま》っ赤《か》に染まった。分厚い水の壁もお構いなしに、槍が突き込まれる。

水壁が爆発した。激しい刺突が嵐を巻き起こし、水壁を水飛沫《みずしぶき》に変えて巻き散らかす。同時に猛火が巻き起こり、水飛沫をたちどころに蒸発させる。水壁を突き破って勢いやまぬ炎の旋風が、エレオノーラと、反撃を狙っていたダミアンをもろとも吹き飛ばした。

茂みから飛び込んできた少女は槍を引いて地面に着地し、ドンと仁王立ちした。

裸体に布を巻き付けたような魔導礼装《デコルテオブリージュ》は、まさしくヒンドゥーの修行僧の出《い》で立《た》ちだ。

「弱いものイジメはもうそこまでだ！　弱きを助け強きを挫《くじ》く！　天下無双の悪漢《ピカレスク》がここに参上!!」

「……何者だ貴様は。いや、この魔力波は、どこかで会ったことがあるか……?」

ベアトリクスの誰何《すいか》に、彼女は鮮やかに仁義を切った。

「梁山泊《りょうざんぱく》が序列二番目、〈破壊の旋風〉ことシリラット・デンカオセーン！　知の尚香《しょうこう》に武のシリラットと言やぁ中国の南の方じゃ知らねーやつはいねー！　契約神魔《ディーヴァ》はシヴァ！　日本の義に恩を着せるため参上したぁ!!」

　エレオノーラとダミアンは跳ね起きて体勢を整えた。

「……武のシリラット。彼女が……？」

　北欧騎士団で諜報《ちょうほう》を担当しているエレオノーラが顔色を変えた。

「あんだコラァ……何者だか知らねえけど品のねえやつだなおい……」

　ダミアンが三白眼を剥《む》いてギロリとシリラットを睨《にら》みつけた。

「お、やろうってかおい！　いいねーその態度！」

　シリラットは嬉《うれ》しそうに睨み返す。

「エリィ、ダミアン、二人でそいつを相手しろ。私と音無輝夜《おとなしかぐや》の最後を必ず邪魔させるな」

「悪いな黒髪の姉さん、俺《おれ》がこの二人をとっちめるまでそのまま少し耐えてくれ！」

　シリラットは意気揚々と地を蹴って二人の北欧騎士に向かっていく。

　輝夜はそれが希望なのか混乱なのか、胸騒ぎを覚えた。

†

「目撃証言《しょうげん》が残るのは面倒か……」

　イリヤエリアが一樹《かずき》を見据えながら、か細い声でつぶやいた。

イリヤエリアは一樹《かずき》を目前にして、思考している。

――一樹はアーサーによるイリヤエリア評を思い返した。

『彼女は冷静冷徹《れいてつ》にして即断即決《そくだんそっけつ》の人物だ。何をするにも迷いがなく、周囲がやばいと思ったときにはすでに行動を終えている。そういう人物だ』

こいつの思考はすぐに終わる。……来る！

「殺してこの国を終わらせてしまった方が面倒がないな。飛来する星屑《プリージエ・ズヴィズダー》」

そっけないつぶやきとともに、前触れなく空から小型隕石《いんせき》が降り注いだ。一樹が立っている周囲数メートルの範囲の地面に深々と穴が穿《うが》たれ、もうもうと土煙《つちけむり》があがる。

一樹はその広い攻撃範囲から、とっさに身をかわしていた。

冷や汗をかきながら、かわせたことに安堵《あんど》していた。

「……不可解だな、どうしてかわせる？　目で見てかわせる速度の魔法ではないはず」

イリヤエリアは首を傾《かし》げた。

――一樹はこれまで二度、イリヤエリアの攻撃を目にしてきた。

彼女の動きや魔法には前兆がない。前兆もなく魔法を発動させ、目にも留《と》まらぬ高速移動をする。石上神宮《じんぐう》の上空でその先読み不可能な動きに、一樹は当惑した。

それが彼女の〈王の権限〉の一つなのだろうか。即断即決の王……。

二度目に彼女と会ったのは、富士の樹海《じゅかい》でレジーナと交戦していた直後だ。そのときも彼女は一樹に隕石を撃《う》ち込み、その不意打ちを一樹はとっさに回避して難を逃れた。

——あのとき俺《おれ》はどうやって攻撃を回避した？

思い返してみると、一樹にはそれがわからなかった。イリヤエリアの攻撃には前兆がない。呼吸や筋肉の動きや魔力の流れからは、その攻撃は先読みできない。

しかし自分はあのときとっさに回避できたのだ。

あのとき俺は殺気を感じたのだ、そうとしか考えられない。

「もう一度、試すか。……飛来する星屑」

再び空から隕石が落ちてきた。それはやはり前触れなく、むろん見てから回避できる速さではない。一樹は——再び横に飛び込むように回避した。

イリヤエリアの端正な眉が不思議そうにぴくぴくと揺れる。

——『殺気』とは何か？

古来より武術の達人は当然のようにそれを感じ取って戦うとされていた。一樹も剣士として、これまで常に殺気というものの存在を意識してきた。だがけっきょくはそんな曖昧《あいまい》なものよりも、呼吸や魔力の流れといった『より確かなもの』に頼るようになった。

しかしこの前触れなき王を前にして、今なら『殺気の正体』がわかる気がする。

殺気を感じるというのはつまり——精神感応《テレパシー》だ。ロッテと出会い、小雪《こゆき》と訓練を積んだ今なら、その曖昧で漠然《ばくぜん》としたものをつかむことができる気がする。

つかめなければならない。

限りなく勝ち目の薄い強敵を前にして、一樹はそれを閃《ひらめ》いた。

呼吸や筋肉、魔力を感じて先読みするのではない。

より上位な次元で――精神感応によって攻撃意志を先読みする。

それが出来なければ、この難敵の攻撃は何ひとつ防ぐことができない！

「林崎《はやしざき》流に同じ技は二度通用しない」

一樹《かずき》は自分を鼓舞《こぶ》するように言った。

「ふむ。創器《アゴーニ・コバリヨフ》の火」

無感情なつぶやきとともにイリヤエリアの右手が、銀色の炎に包まれた。

スラヴ神話の〈スヴァローグ〉は、鍛冶の神とも言われる。

「剣化《ミエーチ》」

銀色の炎は乾燥するように固形化し、イリヤエリアの右肘《ひじ》から先を巨大な刃に変えた。

「ならばやり方を変えてみるとする」

凍《い》てつくような殺気が一樹に飛び、イリヤエリアの姿が消えた。

――来る、というタイミングしかつかめない！

一樹は投げ出すように道風《どうふう》を掲げると、そこにイリヤエリアが右腕を振り下ろしていた。

重たい手応え。剣の素人だから縦に振り下ろすだろうと予想していた。

だがそんなのは運でしかない。

もっと多くの情報を、イメージを殺気から感じ取らなければ。

こちらをどう殺そうとしているのか。

林崎流は視《み》る流派だ。観察力を常に重んじる。たとえ精神感応が苦手分野でも、それはこれまでの鍛錬《たんれん》とけっして無関係なことではない。

鍔《つば》迫《ぜ》り合《あ》いになるより先に、刃を受け止められたイリヤエリアは姿を消した。

彼女は電光となって退《ひ》く。そして――殺気が一樹から、別の仲間たちに移った。

「だったらまずは、貴方《あなた》の仲間からとする」

仲間がやられる！　焦りで一樹の頭の中に、アドレナリンが爆発した。

自分が危機に陥ること以上に、仲間の危機は一樹を切実にさせる。もっと緻密に殺気を感じ取らなければならない。それができなければ、仲間たちを守れない！

かつてない集中力が一樹の知覚力強化魔法《エクストラセンス》を爆発させた。

イリヤエリアからの殺気が――道筋をもって感じ取れた。

自分の横をすり抜けて――後衛の仲間へ。

それは、今この瞬間にイリヤエリアが精神に思い浮かべた、『殺しの意識』だった。

次の瞬間、彼女はその道筋を電光の速さでたどるだろう。

反射的に一樹はその道筋に体を飛び込ませていた。

ドン、と稲妻《いなづま》とぶつかった。速いだけにその衝撃は凄《すさ》まじく、一樹は両足で踏ん張って吹っ飛ばされるのを耐える。逆にイリヤエリアは、驚きで目を丸くしていた。

「「そこで動きが止まる!!」」

――一樹の両脇から琥珀《こはく》と華玲《かりん》がイリヤエリアを挟《はさ》み込むように飛び出した。

琥珀《こはく》はすでに巨大化させた太郎太刀《たろうだち》を振り上げ、華玲《かりん》は跳び蹴りの姿勢に入っている。

二人は一樹《かずき》が必ずイリヤエリアの動きをもう一度止めると、そのタイミングを見計らっていたのだ。イリヤエリヤは一樹との衝突に体勢を乱している。かわせる体勢ではない。

「鎧化《ドスペーヒ》」

イリヤエリアの右腕を覆って刃を形成していた銀色の金属が、意志をもった液体のように跳ね上がって広がり、イリヤエリアの頭からつま先までを覆い尽くした。

それは白銀の輝きを持った鎧と兜《かぶと》となり、琥珀の刀と華玲の蹴りを弾《はじ》き飛ばした。

「やはり硬い！」

すでにレジーナの鉄壁の抵抗《レジスト》を経験している琥珀と華玲は、驚きもせず着地した。

「二人とも遠距離に回ってくれ！　華玲は拳術よりも召喚《しょうかん》魔法を！」

一樹は二人にそう指示した。イリヤエリア自身に武術の心得はないだろうが、並の神器や素手で傷を付けられるほど『一つの神話の主神』が生み出す鎧兜はやわではあるまい。

自分が前衛に立って、こいつを抑えなければならない！

「慈しみの女神《めがみ》よ……汝《なんじ》の見守る下で試練に挑む戦士に、光を射し与えたまえ。月光歌《ムーンライトブレス》！」

後衛から雅《みやび》美先輩からの援護《えんご》が飛んだ。

月光が一樹に戦士への加護を与え、全身に力がみなぎるのを感じた。

一樹自身もイリヤエリアの動きが止まる瞬間を狙っていた。動かれる前にやる！

「深略兵装《ディープストライカー》！」

魔法を即時発動できるという点では、一樹もイリヤエリアと対等だ。

イリヤエリアはまださほど大規模な攻撃魔法を見せていないが、彼女の即時発動にも何か条件があるのかもしれない。

相手に何もさせたくない。畳みかけて、そのまま終わらせたい。

背中に巨大な推進システム《スラスター》を装着し、一樹は猛加速しながら道風《どうふう》で突きを放つ。手にした愛刀《あいとう》の切っ先は、正確に白銀の兜と鎧の隙間《すきま》を狙った。

生身の首に音速の突きが刺さり、抵抗《レジスト》の反動でイリヤエリアの細身の体が吹っ飛んだ。

「不死鳥礼装《モード・フェニックス》！」

一樹は瞬時にソロモンの印の中身をプロテウスからフェニックスに切り替える。一樹の全身に炎が走り、火影色の魔導礼装《デコルテオブリージュ》を形成した。

「天堂の光をその身に宿す極楽鳥よ、我が告訴《こくそ》のまま地上の罪を焼き払え！　裁きの極光《イーサリアル・ジャッジメント》!!」

極太の熱線で、まだ宙を吹っ飛んでいるところを、狙い撃《う》つ。

「ベルフェゴールに与えられし汝の翼、〈炎の氷柱《つらら》〉よ！　地獄の制空権を握り、逃がれられぬ矛盾の爆撃を下せ！　炎の氷柱《バーニングアイシクル》！」

忍舞《しのぶ》先輩もマルコシアスの幻体にまたがり、イリヤエリアに赤いクリスタルを爆撃した。

イリヤエリアを熱線が焼尽《しょうじん》する。『炎の氷柱《バーニングアイシクル》』の赤い爆発がイリヤエリアを包み込む。

　――そこにさらに鋭い風が吹き込んだ。

「遥《はる》かを穿《うが》て、〈同田貫《どうたぬき》〉！　抜刀解魂《ばっとうかいこん》――天嵐鎌鼬《てんらんかまいたち》!!」

　琥珀《こはく》が風の刃を放った。その風は『炎の氷柱』の爆発を逃さず包み込み、イリヤエリアへと圧縮させる。――これでどれだけのダメージを与えたか。

『炎の氷柱』の赤い爆発光の向こう側から、殺気が閃《ひらめ》いた。

　殺気のイメージを一樹《かずき》は感じ取った。刺し殺される!!

「剣化《ミエーチ》」

　稲妻《いなづま》の速さのイリヤエリアが、白銀の金属を再び右手刃に変えて真《ま》っ直《す》ぐ一樹に突きかかった。一樹はそれを刃の横腹で受け、身をよけながら斜めに受け流した。

「我が身に稲妻降りて雷意神速を得ん……眠れる獅子《しし》を呼び覚ませ！　電神瞬身《ライドライトニング》!!」

　同時に詠唱《えいしょう》していた加速化の魔法を発動、受け流す動きでくるりと回転し、斬る。

「……鎧化《ドスペーヒ》！」

　ガキン！という凄《すさ》まじく硬い感触で一撃は弾《はじ》かれた。白銀の金属が鎧と化している。

「剣化！」

　次の瞬間には再び右手刃に戻り、一樹に斬りかかる。その動きは殺気が予告していた。

　一樹はそれを受け止め、受け流す。林崎《はやしざき》流の〈即位付け〉ですぐさまイリヤエリアの体勢を崩す。そこに反撃を叩《たた》き込む。接近戦ならばひけをとるつもりはない！

「鎧化！」

一樹は鎧と兜《かぶと》が生じるパターンを記憶していた。イリヤエリアの鎧の隙間《すきま》を、寸分違わず刃が滑り込んだ。

強化された一樹の身体能力が、抵抗の分厚い感触とせめぎ合う。

絶え間なく炎の氷柱《つらら》と琥珀の風刃も、白銀の鎧に衝撃を加え続けている。

それらをものともせず、イリヤエリアはじっと一樹を見つめて口を開いた。

「……ソロモン王の権限は、『未来予知』か？　そんな便利な権限が？」

「ただの人間の努力だよ」

思わずしなくてもいい返事をした。

「努力か……私はしたことがない」

殺気——焼き殺される!!

イリヤエリアの左手が一樹に向かって無造作に突き出された。

「悪戯者火精《ダマヴォーイ》」

その手の平《ひら》から、凄まじい熱量を圧縮した猛火が渦を巻いた。

渦を巻きながらそれは見る見る巨大化し、目前の一樹を飲み込もうとする。

「触れるものすべてを焼尽《しょうじん》する……寄る辺なき否定の灼熱《しゃくねつ》を！　炎勢鎧《セルフバーニング》！」

一樹はソロモンの印の力をフル回転させた。まず炎の鎧で自らを包み込む。

「黄昏《たそがれ》から暁へと飛翔《ひしょう》する不死鳥よ、その希望の翼を我が背に授けたまえ！　再生のための破壊をここに……！　灰燼帰す緋色の翼《ブレイジングウィングス》！」

さらに背中から炎の翼を広げ、自らの身を包み込む。防御の瞬間多重詠唱《えいしょう》……！

一樹《かずき》は炎の鎧をまとい、炎の翼に包み込まれて、ひとつの巨大な炎の玉となった。

それをさらに巨大なイリヤエリアの炎が飲み込んだ。

炎が炎を吸収する——だが吸収しきれず、一樹の防衛魔力が凄《すさ》まじく砕け散った。

簡単なことのように撃《う》ってくる一発が、重い……！

一樹は砕魔《さいま》の衝撃でよろめく。「剣化《ミエーチ》」と、イリヤエリアが右手に剣を生み出す。

「一樹！」

忍舞《しのぶ》先輩が一樹を助けようと、空中から炎の氷柱《つらら》をバラ撒《ま》いた。

爆風をその身に受けながらイリヤエリアが空を睨《にら》む。その次の動きを一樹は先読みできていたが、砕魔の衝撃で動くことができなかった。

イリヤエリアは稲妻《いなづま》の速さで天空へと走り、すれ違いざまの一撃でマルコシアスの幻体ごと忍舞先輩を斬った。

「……くっ！」

忍舞先輩が魔力を砕き散らされて空から落下する。一撃でかなりの魔力が失われたことが、遠目にもわかった。イリヤエリアの刃が、初めて一樹の仲間に牙《きば》を剥《む》いた。

イリヤエリアは自然落下する忍舞先輩をさらに追撃しようと殺気を走らせる。

あんな刃を、仲間に向けさせちゃいけない……！

「灰燼帰す緋色の翼！」

イリヤエリアが動き出す前に炎の翼を再発動させ、イリヤエリアの進行上に割って入った。そしてイリヤエリアの刃を、道風《どうふう》で受け止める……！

甲高《かんだか》い金属音が鳴り響いた。

強靭な〈鎌倉古刀〉を錬金《れんきん》術で再現した愛刀《あいとう》が――折れた。

「……!?」

声にならない衝撃を一樹は受ける。林崎《はやしざき》の家で、腕の上達《じょうたつ》を認められて義父から送られた刀だ。そのショックが、一樹の判断を一瞬遅れさせた。

「魔力が弱ってきているな・・・・・」

イリヤエリアが耳元で囁《ささや》いた。

魔力が刃へと完全に行き渡っていなかった、刀が折れたというのはそういうことだ。

「悪戯者火精」

意識を凍結させてしまっている一樹に、イリヤエリアが左手の平《ひら》を突き出す。

そこから猛火の玉が渦を巻いた。しまっ……！

「一樹！」

一樹を後ろから忍舞先輩が抱きついた。もつれ合うように忍舞先輩が体勢を反転させ、イリヤエリアに背中を向ける。

「ベルフェゴールに与えられし汝《なんじ》の翼、〈炎の氷柱〉よ！　我らを覆い隠し、理不尽なる矛盾の壁となれ！　炎と氷の翼壁《クロスコンフリクト》!!」

その背中から赤いクリスタルの翼が広がった。熱と冷気の両方から身を守る、二重属性の防御魔法。だが巨大な火の玉はたやすくそれを突き破り、一樹《かずき》と忍舞《しのぶ》先輩をもろとも焼尽《しょうじん》した。二人は抱き合うような体勢で地上に墜落《ついらく》する。

「忍舞先輩！」

かばわれた一樹にダメージは薄い。問題は、続けざまに王の攻撃を受けた先輩だ。

「これぐらい平気。チームワーク」

一樹に抱きつく忍舞先輩が、以前からは考えられないような優しい声で答える。

「そうだ、チームワークだっ！」

地面に倒れる一樹と忍舞先輩の前に、華玲《かりん》がその身を飛び込ませた。

そこに稲光となったイリヤエリアが急降下し、白銀の刃を振るう。一樹と忍舞先輩を狙った一撃が、二人をかばった華玲を斬り裂いた。

斬り裂かれながらも——華玲は詠唱《えいしょう》し続けていた魔法を発動《キャスト》させた。

「ぐうう！　……戸林《しりん》の死天より不浄の無常《むじょう》を解き放て！　裏の真言〈ダキニ天法〉！　髑髏本尊反魂炎《どくろほんぞんはんごんえん》!!」

華玲を斬ったイリヤエリアの目前に、巨大な頭蓋骨の虚像《アバター》が浮かび上がった。不吉な頭蓋骨がカタカタと顎を鳴らして笑ったかと思うと、それは真っ黒な炎に変わってイリヤエリアを包み込む。

それは容易には消えず生けとし命に粘りつき、食らい尽くさんとする邪法の炎だった。

ダキニ天法——稲荷《いなり》に伝わる禁断の呪法《じゅほう》。

華玲の契約神魔《ディーヴァ》、玉藻前《たまものまえ》の切り札と言うべき高レベル魔法。

さしものイリヤエリアも黒い炎にその身の動きを封じられ、焼尽による砕魔《さいま》の衝撃で後方に退《ひ》いた。

「詠唱時間がすごくかかった！」

倒れる一樹と忍舞先輩に寄りかかるようにしながら、華玲がすまなそうに言った。

一樹は二人を抱き支えながら立ち上がり……半ばで折れた道風《どうふう》を無念の思いで鞘《さや》に納めた。もう魔力が残り少ない……。

黒い炎に巻かれながら、イリヤエリアが立ち上がる。

あの〈王〉に、どこまでダメージを与えることができたのか……。

「すまん、一樹……」

やや距離を離して琥珀《こはく》が悄然《しょうぜん》と言った。

「天嵐鎌鼬《てんらんかまいたち》で援護《えんご》していたが、相手の抵抗と鎧には豆鉄砲のようなダメージにしかならない。このレベルの相手には、もっと強い神器がなければ……」

神器——ふと一樹の頭に移香斎《いこうさい》が使った〈水鏡《みかがみ》の盾《たて》〉の力がありありと思い浮かんだ。

そして〈八尺瓊勾玉《ヤサカニノマガタマ》〉とおぼしき神器は、今もイリヤエリアの腕に巻かれている。イリヤエリアを倒さなければそれを手に入れることはできない。

そして最後の一つ〈天叢雲剣《アメノムラクモ》〉は、まだ大魔境《まきょう》のどこかに眠っているのだろうか……。

一樹《かずき》は折れた道風《どうふう》を無念に思いながら、新たな力を希《こいねが》った。その力があれば……。

「月鏡に我が心写して貴方《あなた》に温《ぬく》もりの光を……魂を分かち合わん、月鏡通心《ムーンディバイド》！」

空から月の光が舞い降りて一樹を包み込んだ。雅《みやび》美先輩の魔法だった。

立ち上がる一樹の傍《そば》に、雅美先輩も歩み寄ってきた。

月光から一樹の精神に、魔力が流れ込んでいく。それは疲弊しきった心に清涼感をもたらしながら、活力を取り戻させた。

逆に目の前の雅美先輩から魔力が削れ落ちていくのが感じられた。

――他人に魔力を明け渡す魔法。

「ここであの人を倒さないといけないのでしょう？」

雅美先輩は一樹を鼓舞《こぶ》するように言った。

「だったら、まだやれることが残っているはずだわ」

雅美先輩はじっと一樹を見つめた。

一樹は彼女の言うことを――まだ残っている最後の手を理解して、その背をそっと抱き寄せた。雅美先輩の白く玲瓏《れいろう》な顔が恥じらいに染まる。

「……こんなときに何だけど、ずっと待っていたんだから」

「先輩……ありがとうございます」

一樹は雅美先輩を抱く手に力を込め、その可憐な唇に唇を触れ合わせた。

「口づけに、何の意味がある？」

未《いま》だ黒い炎に身を巻かれながら、イリヤエリアが怪訝《けげん》な表情をこちらに向ける。

一樹《かずき》と雅美《みやび》先輩の間に強い魔力の絆《きずな》が結線する。絆の回路から神魔《ディーヴァ》〈グレモリー〉の意識体が一樹の精神に流れ込んでくる。即座《そくざ》に頭の中に呪文が浮かび上がった。

唇を離すと、雅美先輩が恥ずかしげに目を逸《そ》らす。

「寂しき夜に慈悲《じひ》をもたらす月の女神《めがみ》よ……。我は汝の真名《シェム・ハ・メフォラシュ》を知っている……汝《なんじ》の真名はレヴェナ。いかなる罵倒《ばとう》も汝の純白を穢《けが》すこと叶《かな》わず。情け深き女神よ、その輝きを示せ！」

一樹と雅美先輩の傍《かたわ》らに黒いレースに金糸が縁取られた衣装を着、ワインレッドの長髪をさらさらと流す女神が実体化した。その姿は断じて悪魔ではない。

「この子にキスしてくれて、ありがとうね」

女悪魔グレモリーの真の姿、月の女神レヴェナ。

雅美先輩はレヴェナに向かって、仲の良い母親に恋人を紹介したかのような恥じらいの笑みを浮かべた。

「一樹……今の、私もしたい」

様子を見ていた忍舞《しのぶ》先輩が、一樹と雅美先輩の間に加わるように傍《そば》に寄ってきて、不意打ちのように一樹にキスをした。好感度アップのハートマークが飛んでくる。

しかし忍舞先輩の好感度は——現在59。

キスをしても、そこから力を引き出せるだけの絆の力はまだ生み出されていない。

だが忍舞先輩は表情をうっとりさせて、

「これ……気持ちいい」

そう言って何度もちゅっちゅっと一樹にキスを繰り返す。そのたびにハートマークが飛び――ついには黄金の鍵の虚像《アバター》までもが飛んできた。

龍瀧《りゆうたき》忍舞――65
好感度がその数値に達し、二人の間に絆の回路が結ばれマルコシアスの意識体が一樹に流れ込んでくる。

「す、すごい……」

「な、なんて力技……」

雅美先輩とレヴェナが、揃《そろ》って目をまん丸にした。

「寂しき夜に雄叫《おたけ》びをあげる孤独な狼《おおかみ》よ……。我《シェム》は汝《・ハ・メ》の名前《フォラシュ》を知っている……汝の名はマルコシアス。愛を求めて彷徨《さまよ》い牙《きば》を剥《む》くもの。その健気《けなげ》なる純粋さを示せ！」

一樹が呪文を唱え終えると、忍舞先輩はなおもちゅっちゅっとキスしようとしてくる。

「愛は……ときに力尽《ちからづ》くで勝ち取るもの」

キスを繰り返す一樹と忍舞先輩の傍らに、半人半獣《はんじんはんじゆう》の茶髪の女戦士が実体化した。

「マルちゃんさすがにそれはどうかと思う……」

レヴェナが苦笑すると、マルコシアスは「グレモリー」と一声呼んでぎゅーっとレヴェナに抱きつき、ゴロゴロ喉を鳴らしたり頬《ほお》にキスしたりして甘えた。

忍舞《しのぶ》先輩もそれを真似《まね》して一樹《かずき》に抱きついて甘えた。

「三人ともそんなことしてる場合じゃ……」

雅美《みやび》先輩が自分の妹と契約神魔《ディーヴァ》たちに、困惑の表情を向ける。

「……何の茶番か？」

ついに黒い炎が燃え尽き、イリヤエリアがそこから抜け出した。

「イリヤエリア、これが最後の抵抗だ……持てる力のすべてを出し切る！」

一樹の脳裏に二柱《ふたはしら》の究極魔法の呪文がすでに駆け巡っていた。

「……すべての星に覚醒《かくせい》うながす夜の玉座よ、燐光《りんこう》は慎み深く狂気を呼び起こさん……。戦士の極限をここに！　天より舞い降りたる月光《アウェイキングフルムーン》!!」

二つの魔法は同時に発動《キャスト》した。

「……すべての地平を駆ける孤独な狼《おおかみ》よ、慕情《ぼじょう》を狂気に変えて吠《ほ》え猛ん……。本能の極限をここに！　地より吠え立つ弧狼《アウェイキングキラーインスティンクト》!!」

昼の満月から、大地の底から、濁流のように激しい魔力が一樹に流れ込んできた。

二柱の究極魔法は、二つとも強化魔法だった。月からの光は一樹の精神を極限まで冴《さ》え渡らせ、地からの光は一樹の血と筋肉を極限まで冴え渡らせる。

レヴェナとマルコシアスの姿が虚像《アバター》に戻り、ゆっくりと消えていく。

レヴェナの強化によって思考速度が加速し、すべてがゆっくりに見えた。

「剣化《ミエーチ》」

イリヤエリアが右手に再び銀色の刃を形成し、一樹《かずき》へと稲妻《いなづま》の速さで地を駆ける。レヴェナの強化によって精神活動を増幅させた一樹は、イリヤエリアの殺気を仔細に感じ取っていた。イリヤエリアがどのように駆け、どのように銀色の刃を振るうか、その軌道が完全につかみ取れた。一樹は半歩、左に避けながら——イリヤエリアが刃を空振らせる予測位置に右腕を叩《たた》き込む。

マルコシアスの強化によって身体能力を何倍にも増幅させた拳《こぶし》だった。

稲妻の速さで飛び込んできたイリヤエリアが、スピードの乗ったカウンターとなったそれに凄《すさ》まじい勢いで殴り飛ばされた。

「うおおおおおおおおおおっ！」

一樹は本能そのものの叫びを上げながら追いかけ、左腕を振り上げる。

「……っ！　鎧化《ドスペーヒ》」

イリヤエリアは吹っ飛びながらも、銀色の金属を鎧兜《かぶと》へと再構成させる。一樹は吹っ飛ぶイリヤエリアに追いつくと、構うことなく鉄鎚《てっつい》のように左腕を振り下ろした。

白銀の破片となって鎧が砕け散り、イリヤエリアは大地にめりこんだ。

一樹は追撃で地面に降り立ち、両手の拳を雨のように振り下ろす。地面にクモの巣のようなヒビが走る。白銀の鎧はすべて砕け散り、滅多《めった》打ちの拳にイリヤエリア自身の抵抗《レジスト》が分厚い反発を返す。

痺《しび》れるような手応え。今なおこの王は潤沢《じゅんたく》な魔力を持ち合わせている。

一樹は雅美《みやび》先輩から分け与えてもらった魔力を燃料のごとく燃やして超強化の攻撃力を発揮し、殴り続ける。イリヤエリアの身体がどんどん地面にめりこんでいく。

拳では攻撃力が足りない……！

一樹は義父からもらった道風《どうふう》を折ってしまったことを悔やんだ。

「撃ち抜く雷鳴《ラスカティ・グローマ》」

イリヤエリアは拳を乱れ撃《う》たれながら、右手を不意に持ち上げた。

その右手から先駆放電が走る。

一樹は先読みできていた。だが多少逃げても、それは電気を通す物質を追いかけてくる。手の平《ひら》から一樹に先駆放電が結ばれ、膨大《ぼうだい》な電荷を宿した稲妻が走った。

「超電磁結界《コレダーフィールド》!!」

一樹は電撃の結界を張った。だがプロメテウスの低レベル魔法で防ぎきれるものでは到《とう》底《てい》なく、機械籠手《きかいごて》はすぐさまショートし、一樹自身の魔力が削れた。

その隙《すき》にイリヤエリアはクレーターと化した地面からするりと抜けだし、接近戦の間合いから逃げ出した。稲妻の速さを持つ彼女には、それは一瞬のことだ。

「天堂の光をその身に宿す極楽鳥よ、我が告訴《こくそ》のまま地上の罪を焼き払え！　裁きの極光《イーサリアル・ジャッジメント》!!」

一樹は再びソロモンの印に魔力を注ぎ込み、遠ざかろうとする稲妻の影に向かって撃ち放った。逃がすわけにはいかない……！

レベル6魔法による甚大な魔力の消耗《しょうもう》に一樹《かずき》は頭の中が真っ白になりかける。

熱線の破壊力も強化されている。イリヤエリアを逃げようというその背中を撃《う》ち抜かれ、その動きを止めた。

「……先ほどの口づけから……すべてが増幅されている、のか……！」

その身の魔力を削られながらイリヤエリアは一樹を振り返り、光に近い速さで動く自分を捉えたことに驚きの表情を見せている。

一樹は思いっきり飛び込んで、蹴りを放った。

イリヤエリアの体が水平に飛んでいき、魔境《まきょう》の巨木に打ち付けられる。一樹はすぐに追いついて木ごとへし折ってイリヤエリアをさらに殴り飛ばす。徒手空拳《としゅくうけん》でしか攻撃できないことがもどかしい。

逃れようとするイリヤエリアの意思を強化された知覚能力で先回りし、さらに殴る。

吹っ飛び続けるイリヤエリアが、ドンと壁に叩《たた》きつけられた。

壁――レベル2エリアとレベル3エリアを隔《へだ》てる壁だ。

殴り飛ばすイリヤエリアを追いかけるうちにレベル2の奥地まで一気にたどり着いてしまったのだ。

周囲に木々が減り岩肌がゴツゴツとしだし、足元の傾斜がキツくなっていることに今更気づく。この壁の向こうからは本格的に山道になるだろう。

ぼうと壁が青い魔力光を放つ。一見して老朽化《ろうきゅうか》したコンクリートの壁だが、何か魔力が上塗りされているようだ。その魔力から……一樹は不思議な感覚を抱いた。

遠い昔に感じたことがあるような波長――不思議な懐かしさ。

「未来予知能力ではなく……こちらの行動を先読みしているのか。速さでは……速さのこの状態《モード》では分が悪い」

壁に叩きつけられたイリヤエリアがつぶやいた。

「……だが切り替えて手の内を見せるまでもないな。貴方《あなた》はもう限界ゆえ」

一樹は力ない足取りで、木々の間を抜けてイリヤエリアに姿を現す。

限界だった。意識を極限まで張り詰め続けなければ、瞬く間に歪界《アストルム》に引きずり込まれそうだった。額《ひたい》からは絶え間なく嫌な汗が流れ続けている。

「どうやったかわからないが、神魔《ディーヴァ》二柱《ふたはしら》を実体化させる魔力はそもそも貴方にはもう残っていなかった。この魔境に来てからどれだけ戦い続けたのか？」

その口調はすべてを出し切ってしまった一樹を哀れむようでさえあった。

「貴方は強かった。だがここまでだ……創器《アゴーニ・コバリヨフ》の火。剣化《ミエーチ》」

イリヤエリアは再び白銀の鉄を生み出し、その右腕に刃を生成した。

左腕には勾玉《まがたま》をつないだ緒が、今も巻き付いている。

一樹はすがるような気持ちで、折れてしまった道風《どうふう》を抜いた。

それでどうにかなると思ってのことではなかった。

――それが何かのスイッチであったかのように、壁の向こう側で光の柱が立ち昇った。

それに呼応《こおう》するように、魔力を宿したコンクリートの壁がその光を増した。

イリヤエリアが一樹《かずき》以上に驚き、壁を振り返った。

「何だ……？　壁の封印が光り出した……？　貴方《あなた》と、この壁の封印に何か関係があるのか？」

光の柱は真《ま》っ直《す》ぐに天へと伸び――そして一樹の下に光の帯となって降りてくる。

『その剣……優しい人に恵まれたのね。それに、頑張り屋さんに育ったみたい』

光に包まれた途端に、どこかで聞き覚えのあるような優しい声が頭に響いた。

ほんのついさっきにも聞いた・・・・・・ような……。

『ここでずっとあなたを待っていた……そうよね、レメゲトン？』

レメゲトン？

戸惑う一樹の傍《かたわ》らに、レメが実体化した。

レメの姿は変貌していた。その面持ちから幼さが消え、背丈も一樹たちと同世代ぐらいまでスラリと伸び――その頭から長い二又《ふさわ》の角が生えていた。服装も――今まで着ていた粗末な布とは違う、神魔《ディーヴァ》の王と呼ぶに相応しい輝く布に変わっている。

「一樹……龍瀧《りゅうたき》姉妹の攻略で、レメは力と……そして記憶をいくらか取り戻した」

静かに大人《おとな》びた声色《こわいろ》で、レメが言った。

「レメ……？」

『あなたに渡したいものがあるの……〈天叢雲剣《アメノムラクモ》〉』

空からの光が言った。

『その壁を越えてエリア3まで来て。今は……その力と封印の力の一部を分けてあげる。今すぐにはこの封印をすべて解き放つわけにはいかないから』

まるで先ほど雅美《みやび》先輩から魔力を分けてもらった魔法と同じように、空からの光が魔力となって身体の中に染みこんでいく。どこか懐かしさを感じる魔力だった。

そうだ、すべてに懐かしさを感じる。声にも、魔力の波長にも、光のぬくもりにも……。

光の柱と、壁の光は、すべて天に昇り一樹の中に吸い込まれるようにして消えていく。

その魔力の一部が自《おの》ずから折れた道風《どうふう》に集まっていった。魔力が集まり、密度を増し、物質化して、折れた刃の先を再生させた。それは元通りの片刃ではなく――両刃。

道風が、両刃の『古代剣』となって再生した。

これは……〈天叢雲剣〉……？　いや、その力の一部が、一時的に宿ったのか？

先ほどの光は、そういうことを言っていた。

どうしてなのかはまったくわからない。

一樹は説明を求めてレメに視線を向けた。

「一樹……レメは剣術が強いやつを選んだわけじゃない。レメはおまえを王にしたい。あの移香斎《いこうさい》なんてやつじゃなくて、おまえをだ。……だから、頼むぞ」

レメは説明になっていないことを言って、その姿を消してしまった。

「……撃ち抜く雷鳴《ラスカティ・グローマ》！」

イリヤエリアが一樹《かずき》に右手を突き出し、その手の平《ひら》から膨大《ぼうだい》な電荷を生みだした。先駆放電が走り、次いで極太の稲妻《いなづま》が一樹に走る。

一樹の手の内で――その古代剣が自らの力を主張した。力を解き放てと、要求する。

使い手と神器が魂を通わせて放つ――抜刀解魂《ばっとうかいこん》の力。

「……森羅万象《ばんしょう》を薙《な》ぎ払え、〈天叢雲剣《アメノムラクモ》〉！　抜刀解魂、草薙《くさなぎ》の剣!!」

一樹が動かしたというよりも導かれるようにして、一樹は古代剣を横に薙いだ。

神話で王たる資格を持った英雄が、そうしたように。

一樹を包み込むはずの稲妻の光が、轟音が、瞬時に消え去った。刃が引き起こす剣風が物質ではなくあらゆる現象を斬り裂く。

一樹は斬り裂かれた稲妻に正面から飛び込むように地を蹴った。稲妻の向こう側にいるイリヤエリアに向けて、一樹は薙いだ刃を返して振り上げ、袈裟懸《けさが》けに斬《き》り落とす。

「……鎧化！」

瞬時にイリヤエリアの身を白銀の鎧が包み込む。だが忍舞《しのぶ》先輩と雅美《みやび》先輩の超強化で勢いを得た刃は白銀の鎧を紙のように裂いて、イリヤエリアを斬った。

手応え――イリヤエリアの分厚い防衛魔力を深く抉《えぐ》り、押し砕いて散らす感触。

一樹はかつて実体化したロキに斬りかかり、その魔力の厚みに絶望したときのことを思い出した。あのときは何千回斬ってもあの魔力を破ることはできないと感じた。

今の自分なら違う。斬れば、確実に削ることができる。

一樹は斬り下ろした刃を返し、斜めに斬り上げた。再度、イリヤエリアの防衛魔力を抉る。何回……あと何回斬れば、イリヤエリアを倒せる!?

「……くっ！　ソロモン王としての力が本格化した……？　いや、もっと別の力も宿っているのか……？　何かが……貴方《あなた》を見守っている！」

初めてイリヤエリアは焦りの声をもらした。その意識が殺気ではなく、空高くへ向く。

「……不可解なことが多すぎるゆえ、状態《モード》を変えて戦闘を続行せず、離脱《りだつ》して神器を持ち帰ることを選ぶ……!!」

「……待て、逃がすか!!」

一樹はイリヤエリアの左手に巻き付かれた勾玉《まがたま》の緒に手を伸ばした。

その手から逃れるようにイリヤエリアは電光の速さで遠ざかろうとする。

その刹那《せつな》――一樹の足首が何者かに掴《つか》まれた。

一樹の手はわずかにイリヤエリアの左腕に届かず、空をよぎる。

「……!?」

一樹は足首というより心臓を掴まれたような致命的な心地で、足元を見下ろした。

女の顔と手が地面と半ば同化するように飛びだしていた。黒フードの女――世界蛇《ミッドガルズオルム》を憑依《ひょうい》させた魔法使い。爬虫類《はちゅうるい》じみた女は、ニタリと嫌な笑みを浮かべた
「ただ撤退するだけでは終わらない……」

……こいつは仲間を腹に呑《の》み込んで、撤退していたわけではなかった。

地中に残って一樹《かずき》につきまとい、何らかの役に立てる瞬間をひたすら待ちわびていた！

「邪魔をするな！」

一樹はすぐさま足首を掴《つか》む手にその古代剣を振り下ろした。「ぐっ！」と声を漏《も》らして、世界蛇は慌てて地面から手と顔を引っ込め、地中深くに潜行してしまう。

「……支援、感謝する。もう聞こえていないだろうが」

イリヤエリアには一瞬の時間で十分だった。

一樹の手から逃れたイリヤエリアは、稲妻《いなづま》となって空へと解き放たれる。

一樹はそれを見送るしかなかった。

一つの神器は地中深くへと、もう一つの神器は空高くへと消えていった。

……そしてもう一つの神器は……。

一樹が手にする古代剣から、魔力が抜け落ちていく。物質化していた魔力が解《ほど》けるようにして空に消えていき、元通りの折れた道風《どうふう》に戻ってしまった。一樹の身体からもレヴェナとマルコシアスの強化の力が消失していく。

一樹は集中力の糸を切らしてすぐ傍《そば》の壁を見上げた。

魔力を脈動させて輝いていた壁は、今は何の変哲もないコンクリートに戻っていた。

いったい何がどうなっている……？

三種の神器のうち二つは奪い去られた。

だが残る最後の一つは……自分自身と何らかの関係を持って、この壁の向こうで自分を待ち受けている。

それが意味することは……いったい何だろう。

あの声は……。

†

「あんだよ、全然大したことねーじゃん、北欧騎士。さてはすでにけっこうダメージ食ってやがったな」

シリラットは魔力を失って倒れ込むエレオノーラとダミアンを見下ろした。

「さて……倒したらそのままにしねーで、ちゃんと二度と戦えねーようにしねーとな」

シリラットは半ば魔力酔いで倒れるエレオノーラの傍に屈《かが》み込んで、その腕を掴んだ。

意識を朦朧《もうろう》とさせたエレオノーラが、引き攣《つ》るような声を漏らした。

「……やめ、ろ……」

「わりーけど殺さねーだけでも慈悲《じひ》だぜ。せっかく倒したんだから二度と敵として戦えねーように手足の数本でももらっておかにゃな」

シリラットは掴んだエレオノーラの右腕に、軽く力を込めた。

もはや防衛魔力に守られていない細腕は、シリラットが身体力強化魔法を力に込めれば骨を砕くことも引きちぎることも容易《たやす》い。

「た、隊長……」

「隊長さんはまだあっちで戦ってるだろーっと。とっととすませてあっちを助けにいかねーと。……ん？」

不意に屈《かが》み込んだシリラットの視界が影に覆われた。背後で、何か巨大なものが陽《ひ》を遮《さえぎ》っている。シリラットはエレオノーラから手を離して慌てて飛《と》び退《の》いた。

「……エリィから離れなければ、殺す」

背後に山のようにそびえていたのは、ベアトリクスだった。もとより山というほどの背丈ではないが、シリラットには威圧感《いあつかん》のあまりに山がそびえるように感じられた。

その手には——北欧神話における最強の兵器が呪文と共に生成されつつある。

「我が戦《いくさ》は憤怒《ふんぬ》と祝福とともにあり！　武神《ぶしん》を代行して汝《なんじ》の脳天に、生命への憤怒と祝福を振り下ろさん……!!」

「黒髪のねーちゃんがやられたか!?」

シリラットは慌てて音無輝夜《おとなしかぐや》の姿を探す。彼女は——倒されるでもなく、棒立ちでベアトリクスの所行を、ただ見守っていた。

「何で戦ってねえ!?　なんでこいつを食い止めてねーんだ、こっちは味方だろ!?」

「頭蓋《ミョルニル》を砕く音!!」

異様に柄の短い巨大なハンマーが、ベアトリクスの手の内に実像を結び、一息にシリラットの脳天に振り下ろされた。

「くそ、炎じゃ消される……雷《いかづち》のトリシューラ！」

シリラットも三叉《さんさ》の槍《やり》でベアトリクスを突いた。槍は黄金色に変化し、その矛先から凄《すさ》まじい放電を発した。

ハンマーの打撃部位から生じる破壊のエネルギーと、矛先から放出される電荷エネルギーが交錯《こうさく》する。耳を聾《ろう》するような大音響とともに、魔力がすべて打ち砕かれシリラットの矮躯《わいく》がボロクズのように吹っ飛び、木の幹に打ち付けられた。

「な、納得いかね……え……」

そう声を漏《も》らしてシリラットはその身を崩れ倒し、その意識を歪界《アストルム》に運び去られた。

対するベアトリクスも電流を受け、うめき声をもらしてその場に倒れ伏した。


——輝夜はただそれを見過ごしていた。

今も状況を飲み込めずに、呆然《ぼうぜん》と倒れ伏した者たちを見下ろしている。

ベアトリクスはエレオノーラが危ないとわかると、輝夜の必殺の鎌に躊躇《ためら》いなく背中を向けて、詠唱《えいしょう》中の魔法のターゲットも変えてしまった。

仲間を助けるために無防備になったその背中を、輝夜は追撃することができなかった。

甘さだけでそうしたわけではない。

そもそも襲われたから迎撃したものの、北欧騎士団がどうして急に態度を翻《ひるがえ》したのか輝夜にはわからない。何か誤解がある気がする。

北欧騎士団には話し合いの余地がある。にもかかわらずシリラットは容赦なくエレオノーラを仕留めようとした。

輝夜《かぐや》から見てもシリラットは止めなければと感じたのだ。

しかし輝夜にもはや力は残されておらず、ベアトリクスがするに任せるしかなかった。

「……何なのこれ……」

敵か味方かはっきりしない連中がみんなまとめて倒れ伏している。

どうしてこうなったのか、後始末がどうなるのか、まるで予想がつかなかった。

†

白鳥の翼をはばたかせて空中で待ち伏せるレジーナは、ついにその瞬間が来たことに、口元を釣り上げた。

ずっと見下ろしていた林崎一樹《はやしざきかずき》たちの戦場から、ついにイリヤエリアの巨大な魔力が大空に向かって解き放たれたのだ。その速さと光はまさしく逆さまの稲妻《いなづま》だ。

それを狙い撃《う》つために、レジーナは『鷲の目』に全神経を集中させ、待ち構えていた。

「来たな、のうのうと！　私の存在を忘れて空を安全地帯などと思わんことだ!!」

レジーナは手にしていた『槍《やり》』を投擲《とうてき》した。

「神意を宿して我が手より羽ばたけ、翼を持った神威の槍よ！　天破の翼槍《フテラロンヒ》!!」

この槍の速さはイリヤエリアの飛翔《ひしょう》にも劣らない。そしてレジーナの意思を汲《く》んで標的を追いかける。タイミングさえ精緻《せいち》なら必ず対象を射貫《いぬ》く。

放たれた流星のごとき槍は見事に空を翔《か》る稲妻と衝突した。

天に向かう稲妻は光を失った。そして一気に垂直に自然落下していく。レジーナは胸を満たすものを感じながらそれを視線で追った。

イリヤエリアは為《な》す術《すべ》なく大魔境《まきょう》付近の避難区域の森に墜落《ついらく》したのだ。

「他愛《たわい》もない……思《おも》いの外《ほか》に林崎一樹に消耗《しょうもう》させられていたようだな」

はっきりとは目視できなかったが、レジーナも地上の戦いは観察していた。林崎一樹はずいぶんと不可解な力を使っていたが――王の権限だろうか、予想以上の健闘を見せて生き延びた。魔力はガス欠になっていたが、互角に近い立ち回りを演じていたと言える。

あの男もイリヤエリアが大和《やまと》側の陣営について大魔境に侵入した罪を証言《しょうげん》するだろう。

口うるさいアーサーも、文句は言うまい。

イリヤエリアは、ロシアは、ここでゲームから退場だ。

レジーナは自分の身体の倍はあろうかという白い翼を大きくはばたかせ、墜落したイリヤエリアを追いかけた。

とどめを刺すために。

幕間《インターミッション》　宿る力

「真っ先に俺《おれ》に顔を見せるとはいい心がけだ。香耶《かや》も表に出たそうだったが、香耶のツラで出迎えたらてめえの機嫌が悪くなるだろうから今日もこのロキ様が出てきてやったぜ」

〈大阪府庁舎《おおさかふちょうしゃ》〉に帰還して真っ先に最上階に訪れた移香斎《いこうさい》を、ロキは上機嫌そうに両手を広げて迎えた。

移香斎は面白くもない表情で大魔境《まきょう》で手に入れた鏡の神器――〈八咫鏡《ヤタノカガミ》〉を掲げて見せた。これこそ本物の三種の神器だと、王の候補者たる移香斎には本能でわかる。

「ふん、てめえが上手《うま》くいったなら安心だ。イリヤエリアはまだ姿を見せてねえが、あいつには万が一にも間違いはねえだろう。実力的にな」

「まだ顔を見せていないだと？」

移香斎は不審を表情に浮かべた。イリヤエリアは稲妻《いなづま》の速さで空を飛ぶことが出来る。彼女が移香斎よりも遅れるなんてあろうはずがない。

「……どっかで道草でも食ってるんだろうよ」

ロキの軽薄な表情がわずかに引き攣《つ》ったのを移香斎は見逃さなかった。

ロキはいつになく軽薄に振る舞っている――不都合が起きたのを誤魔化《ごまか》そうとしているかのように。

「ロシアの女王イリヤエリアが、この日本のどこでいったい何の道草を食うというんだ」

移香斎は真正面から論破した。そんなことは考えられないことだ。

大和《やまと》のために神器を入手したイリヤエリアが、その神器を差し出しに帰ってこない。

考えられる可能性は二つ。

帰還途中で何か不慮の事故に遭った。すなわち捕まるか殺されるかした。

あるいはイリヤエリアは神器を差し出す代わりに何か交換条件を要求しようとしているのかもしれない。すなわちすんなり渡さないことで、こちら側を焦《じ》らそうとしている。

「チッ。もしかしたら何か面倒臭《くせ》えことを言ってくるかもな」

ロキはやむをえず本心を口にした。

むろんイリヤエリアの実力的に考えて、何かあったとは考えづらい。

稲妻の速さで空を駆けるイリヤエリアを、日本にいる誰《だれ》が止めることが出来るというのか。

よしんば止めたとして、ロシアの王たる彼女をどう倒すというのか。

「もとより先々面倒なことになるのは覚悟の上のことだ。中国から力を借りるのも、ロシアから力を借りるのも……そしてロキ、貴様から力を借りるのもだ。それでもぼくが王になるためには、林崎一樹《はやしざきかずき》に勝つには、やはり三種の神器が必要だ」

移香斎《いこうさい》の心の中に真っ黒い炎がじりじりと燃えた。大魔境《まきよう》での林崎一樹《はやしざきかずき》との戦いが思い起こされる。胸に強烈に焼き付けられた敗北感。

しかし三種の神器があれば勝てるという手応えも同時にあった。

その二つの感触が、改めて移香斎の心を硬くした。

何としても三種の神器が必要だ。たとえ悪魔の手を借りてでも……。

勝ちたい。勝たなければならない……。そうすれば、簒奪《さんだつ》できる……！

「ククク……やけに素直になったじゃねえか。そうだ、てめえは俺《おれ》の力を借りなければ林崎一樹に勝てねえ。身の程をわきまえることができるようになったみてえだな。どんな手段でも勝ったやつがすべて、負けたやつに名誉なんてありはしねえ」

自分が自分であることを捨てない。なおかつどんな手を使ってでも、負けるわけにはいかない……。今はもうスサノオを追い出して自分自身のものに戻った右腕で、移香斎は強く拳《こぶし》を握りしめた。

「イリヤエリアからどんな条件が出ても〈八尺瓊勾玉《ヤサカニノマガタマ》〉を回収しなければならない。三種の神器の二つは必ず手中に収めなければ……。ロキ、魔境の最後の壁には何か封印魔法が張られていた。世界蛇にも、イリヤエリアにも封印を越えられないようだった」

「封印？　そうか……あの女も自分が持ってる剣がどういうものか、薄々勘づいていたのかもしれねえな。相応《ふさわ》しい後継者だけが手に入れられるように、自分の契約神魔《ディーヴァ》と力を合わせて封印を張ったのかもしれねえ。……いや、確かにそういうことをしていたような気がするな……」

ロキは目を細めて、人間と不完全の融合を果たしていたときの曖昧《あいまい》な記憶を思い返した。

「命を燃やして張った封印なら、俺たちやイリヤエリアでも破れねえかもしれねえ」

「〈天叢雲剣《アメノムラクモ》〉が手に入らないなら、尚更《なおさら》だ。草の根分けてでもイリヤエリアを探し出してどんな条件でも〈八尺瓊勾玉〉を受け取らなければならない」

「そうだな……すべてはイリヤエリア次第だ」

†

状況は混沌《こんとん》としていたが、出来ることは少なかった。

運命を待つだけと言えるほどに。

陽《ひ》が沈む頃に大魔境の探索《たんさく》を終えて、魔光列車で速やかに騎士学院駅に帰ると生徒たちは解散となった。

一樹たち生徒会メンバーはラーメン屋に向かった。小雪《こゆき》におすすめのラーメン屋を聞くと、小雪は恥ずかしそうに一樹だけに教えてくれて、一樹はそこにみんなを連れて行った。

宴会場のような個室に案内され、大テーブルに人数分のラーメンや、大皿の餃子が並べられていく。口を付けた面々から「美味《おい》しい」という言葉が漏《も》れると、小雪は密《ひそ》かに一樹に向かってはにかんだ。

夕食を済ませながら、一樹《かずき》たちは状況を報告しあった。

――大和《やまと》たちは三種の神器を二つ、持ち帰ってしまった。

一樹の懸念通り、彼らには壁を抜けることが出来る能力者がいた。あまつさえ彼らはレベル1を素通りし、レベル2から探索《たんさく》することが出来た。

しかも不運なことにその二つの神器は、すべてレベル2エリアにあった。

一樹がそこまで報告すると、場が重苦しく沈み込んだ。

……本当にただ不運だっただけなのか？　彼らの行動はあまりにもスムーズすぎた。まるで最初から三種の神器の場所に見当がついていたかのように。

「大和側が背負ったリスクも相当のものだよ。中国だけじゃなくてロシアにまで頼ったんだから。向こうも相当焦っていたのかもしれない」

しかし一樹はマイペースにラーメンを啜《すす》りながら、一同に言った。

――一樹の胸のうちは、直面している現実ほどに重たくはなっていなかった。

エリア3へと続く門と壁には、強い封印の魔法がかかっていた。

その封印は一樹に語りかけた――一樹のことを待っていると。

封印の正体はわからない。だが封印の語りかける声は、どこか懐かしかった。

あの封印には何者かの意思がある。大魔境《まきょう》が生まれた当時に生きていた、何者かの。

圧倒的に不利な状況にもかかわらず、それが一樹に不思議な心強さを与えてくれていた。

この・人・と・い・っ・し・ょ・な・ら、大・丈・夫・とでも言うような。

心の奥底で三・種・の・神・器・な・ど・よ・り・も・よ・ほ・ど・強・く・求・め・て・い・た・もののような。

大魔境にはいまだ自分が知らされていない秘密がある。

輝夜《かぐや》先輩が次に報告を行った。北欧騎士団が大魔境に侵入して妨害に動き、そこに梁山《りょうざん》泊《ぱく》が乱入した。……どうやってかは知らないが、大和は北欧騎士団までも動かしたのだ。

むしろ大和の方が追い詰められていたとでもいうような、なりふり構わぬやり方。

魔力酔いで気絶していたベアトリクスたちは騎士団が運んでいった。

事情を聞くには彼女たちの意識が取り戻されるのを待たなければなるまい。

「レメはラーメン、食べないのか？」

報告が一段落つくと、一樹は呼びかけた。

「おまえの分も注文してあるけど、のびるぞ」

「食べる」とバツが悪そうな顔をして、空けていた席にレメが実体化した。

「レメちゃん……大きくなってる！　美人さんになってる!!」

輝夜先輩をはじめみんなが驚きの声をあげ、それを無視してレメがラーメンを啜る。

「おまえは何か報告することはないのか？」

「……今回の姉妹丼のおかげで、レメは記憶の大部分を思い出した」

姉妹丼という言葉に――一同の視線は一樹の両隣に集中する。一樹の両隣は、雅美《みやび》先輩と忍舞《しのぶ》先輩が占拠していた。

「レメ。おまえもあの大魔境《まきょう》と何か関係があるのか？」

「それは……レメの口からはまだ言いたくない。だがあの壁を超えて中に入れば自《おの》ずとすべてがわかるはずだ。心配はいらない。おまえが察した通り、あの封印はおまえ以外の何者も解除することはできない」

「心配ないって言っても……三種の神器を多く集めた方が決闘に勝つだろうって話だったんでしょ？　いくら一樹《かずき》が強いって言ったって……」

一羽《かずは》先輩が不安そうな顔で一樹とレメを交互に見やった。

「問題ない。一樹はだいぶソロモン王の力を使いこなせるようになった」

レメはそう言うともう語ることはないというふうに丼に俯《うつむ》き、ラーメンを啜《すす》った。

「魔法剣士として俺《おれ》と移香斎《いこうさい》は互角だ。だから三種の神器の数が勝負を決めるってアマテラスは言った。だけどもう……剣士と剣士という戦いじゃない」

一樹は右腕をスサノオに明け渡し、血を吐きながら戦う移香斎の姿を思い返した。

「移香斎は意思の力でスサノオを抑えつけて、魔人になって戦うようになった。俺は……〈ソロモンの印〉にすべての魔力を注ぎ込んで戦う。だからこれはみんなとの絆《きずな》の力で魔人の執念《しゅうねん》の力をどれだけ上回れるか……そういう戦いだ」

ラーメンを啜る音が消えて、みんなの視線が一樹に集中した。

一樹は大事な人たちの視線に応えるように宣言した。不安は感じていなかった。

「あいつに勝って、俺は王とかいう存在になるよ」

ラーメン屋から出て、騎士学院に帰ると、まず魔技科《まぎか》と剣技科の分かれ道となった。

「兄様、それではこれで！」「じゃあな」「さらば！」

鼎《かなえ》と一羽先輩と琥珀《こはく》が手を振って、剣技科学生寮に去って行く。

次に魔女の館と魔技科学生寮の分かれ道にたどり着いた。

「一樹……」

忍舞《しのぶ》先輩が物欲しそうな顔で見つめてくる。一樹は若干みんなの視線を気にしながら、彼女に顔を寄せた。

「ふふ……それじゃあ私も」

雅美《みやび》先輩も涼《すず》やかに笑って顔を寄せ……三人同時に唇をちゅっと重ねた。

まるで三つ葉のクローバーのように顔を寄せ合う三人のキス。

「ん。……一樹、これからは一樹が私をちゃんとリードしてくれないと、困るから。私、何もわからないから……」

「わかりました、それじゃあ今度いっしょに遊びに行きましょう。雅美先輩もいっしょに」

忍舞先輩の言葉にそう答えると、先輩はコクコクと勢いよく頷《うなず》く。

そしてまだまだ未練そうな忍舞先輩の手を、雅美先輩が引いて去って行く。

「あの人がああなるとは……一樹はもはやハーレムというより、猛獣使いだね」

光《ひかる》先輩が言うと、ロッテが「わんわん！」とじゃれつき、美桜《みお》が甘えるタイミングを待ちわびていたというふうに「にゃー！」と抱きつき、小雪《こゆき》が「ぷう」とすりよってきた。

「私も入りたい……ウッホウッホ！」

輝夜《かぐや》先輩が変なガニマタで割り込んで、一樹《かずき》にどーんと体当たりしてきた。

「どうしてあえて可愛《かわい》くない生き物を選ぶんですか……ゴリラはやめましょうよ」

「じゃあなにがいいかな？」

「パンダ！　肌が白くて髪と格好《かっこう》が黒いから！」

光《ひかる》先輩が溌剌《はつらつ》と割って入った。輝夜先輩は「ふむふむ」と頷《うなず》いた。

「パンパン！　パンパン！」

輝夜先輩が謎の生き物の鳴き声を出しながら、一樹の腰に腕を巻きつけてぎゅうぎゅうベアバッグする。

突然現れた新参者《ニューカマー》に森の動物たちが「わん!?」「にゃー！　ふにゃー！」「ぷうぷう」と荒ぶった。

「ぼくは人間でいいや」

光先輩はしれっと言って一樹に寄り添う
魔女の館のみんなにもみくちゃにされているのを、レメは満足げに見つめてくる。

「我が王よ、魔力が回復するまでもう数日はかかるだろう。それまでは無理して大魔境《まきょう》に行くことはない。あの封印はそうそう破られないし、破られたらレメにはわかるからな。しばらくはいつも通り、こいつらとイチャイチャして過ごせ。それが何よりのことだ」

レメがそう言うと、みんなはいっそう押しくら饅頭《まんじゅう》のように密着した。

「……他の二つの神器なんてどうでもいい。おまえは手に入れるべき一番のものをちゃんと手に入れる。絆《きずな》と……あの剣だ。おまえがこれまで築き上げてきたものと、運命を信じろ。この二つでおまえが決戦に挑み、王となろうというのが……レメは素直に嬉《うれ》しいぞ」

多くを語ろうとしないくせに謎めいたことを好き勝手に言って、レメは夜闇に溶け込むように実体を消した。

記憶を取り戻したレメは、きっとどうして一樹を契約者に選んだのか思い出しているに違いない。

一樹は部屋に帰るとすぐ、今日この日知ったばかりの電話番号をプッシュした。

不安はない――だが出来る限りのことは知っておきたい。

「どうしたの、さっそく頼ってくれるなんて」

茜《あかね》先輩は明るい声で電話に出てくれた。

「……あ、今日はお疲れ様。何だかおかしなことになったみたいだけど……」

明るい声を出した後で思い出したように茜先輩は声を引き締め、一樹をねぎらった。

「ありがとうございます。さっそく電話したのは、実はどうしても腑《ふ》に落ちないことがあって……。大魔境のことなんですが」

政府が箝口令《かんこうれい》を敷き、人々の記憶から強引に消し去った場所。

――自分とレメと、あの声の主と、何か関係がある場所。

「騎士団はまだ何かを隠しているんじゃないですか？」

一樹《かずき》は単刀直入に『謎』を問《と》い質《ただ》した。

「事前に聞いた説明だけじゃ説明がつかないおかしなことが起こっているんです。レベル2と3を隔《へだ》てる壁にかけられていた封印……あれは誰《だれ》がかけた封印なんですか？」

封印というからには当然、人為的なものだ。

自然に発生したものではなく、誰かが意志をもってそうしたはずなのである。

むろん人間一人で為《な》せる魔法ではない。大昔の人間による召喚《しょうかん》魔法だ。

すなわち――最初の騎士。

あのときの聞き覚えのある声。あの声の主は……。

「あの壁が出来た当時、いったい何が起こっていたんですか？　それを騎士団がまったく何も知らない、俺《おれ》に何も教えてくれないなんて、おかしいじゃないですか」

意図的に隠している、そう思えてならなかった。

「……そうね、私もおかしいと思うけど、でも……私にもわからないわ」

茜《あかね》先輩は申し訳なさそうに声をしおらせてしまった。

「役に立てなくてごめんなさい。私も、あなたより二年先に生まれただけだから」

一樹が知りたいことは、遥《はる》かを隔てた過去にある。

「すみません……こんなことで頼ってしまって」

理不尽な難問で茜先輩の優しさを裏切ってしまったような気がした。電話を取ってくれた直後、先輩はあんなに明るい声だったのに。

「あ、でも」

茜先輩の声が失意から立ち直って弾んだ。不意に答えが思いついたというふうに。

「あなたの身近に、私なんかよりもっと事情を知っているはずの人がいるわよ」

「え、誰ですか？」

一樹は聞き逃すまいと耳にすべての意識を集中させた。

茜先輩は聞き逃しようのない明朗な声で答えた。

「リズリザ先生よ。知ってるはずよ。あの人は最初の騎士の一人だもの」

†

『概《おおむ》ね思い通りになったね、ロキ』

移香斎《いこうさい》が部屋から帰ると、香耶《かや》がロキの頭の中に語りかけた。

「まぁ……イリヤエリアが顔を出さねえ以外はな」

ロキは自分で街をまわって買い集めたあらゆる酒の中から戸棚のウイスキーを選んで手にとり、ひと仕事を終えたというふうにソファーに腰を沈めた。瓶の封を開け、熱いアルコールをそのまま喉に流し込む——ロキの中で香耶《かや》が悲鳴をあげた。

『も、もうちょっとソフトな奴《やつ》を飲んで。苦い、というより口の中が焼ける……』

「だったら感覚を遮断しろよ。おまえが好きで共有させてるんだろうが」

香耶はロキに肉体を譲るとき、ロキの感覚を逃すことなく拾い集めようとする。

そこには不思議な慕情《ぼじょう》が宿っていた。

ロキは香耶に遠慮《えんりょ》することなくもう一度瓶を呷《あお》ると、「ふーっ」と息を吐き出した。

「さぁて、お膳《ぜん》立《だ》ては揃《そろ》えたぜ。移香斎《いこうさい》は俺《おれ》の協力で……俺に依存して三種の神器を集め、俺の思い通りに動く傀儡《かいらい》の王になる」

『せめて水で割るか氷を入れようよ』

「うるせえよ。……そして、だ。俺が策を巡らす速さと、林崎一樹《はやしざきかずき》が絆《きずな》を結ぶ速さは相変わらず釣り合っている。俺の言うことを聞いて神器を二つ手に入れる移香斎と、絆の力をここまで強めた林崎一樹……果たしてどちらが勝つか」

『ジュース飲みたい』

ロキは香耶を無視してソファに頭をもたれさせ、早くも酔った口ぶりでつぶやいた。

「それはあいつの宿命がもつ力を試すような戦いになるだろうさ」

あとがき

ご愛読ありがとうございます、今日も元気に三原《みはら》みつきです。今巻はなんとコミック最新刊&ドラマCDと同時発売！　最初は他人のフリを決め込もうとした原作者ですが、「おまえも働けよ」という担当Kにゃんの圧力によりドラマCDでも脚本と、声優さんとの対談インタビューを、バリバリ務めさせていただきました。

ドラマCDの面白さというのは、やはり小説媒体の面白さとは少し違うだろうと自分なりに考えて「テンポの良い掛け合い」「コミカルな展開」「声付きで聞きたいセリフ」など意識して、原作とはまた違った魅力のある脚本に出来たと思います。

自分で言うのも何ですが声無しで脚本を読んでもけっこう面白く、こりゃもし担当Kにゃんに捨てられても脚本家として生きていけるなと密《ひそ》かに考えつき、今後は担当Kにゃんにもっと強気に出ようと思いました。嘘《うそ》ですごめんなさい。

さらに声優さんによる収録も見学させていただきましたが、登場人物の多さにもかかわらず豪華《ごうか》な声優さんが揃《そろ》い踏みし、その熱の入った演技や音響監督さんの演技指導たるや門外漢の私にはただ圧倒されるばかり。キャラたちに活き活きとした声が吹き込まれ、原作者としてもまったく新鮮な気持ちで美桜《みお》や輝夜《かぐや》たちと改めて出会うことが出来ました。

加えてCHuNさんや孟倫さんの描き下ろしのジャケットや裏ジャケット、通販にはマイクロファイバークロスなどの特典もついてくる豪華仕様です！

これで売れなかったらおまえのせいだと遠回しに言われている気がします。

ぼくと声優さんとの対談インタビューは月刊コミックアライブ誌上通販特典の方についてきますが、これはそのう……声優さん二人の掛け合いにぼけーっと見とれていたらしゃべらなければならないタイミングを逸し、慌てて口を開いたら間が悪く変な空気になり、作品について聞かれたときにはすでにパニックに陥っており……という感じで、なんというかその、ビートニクスさんの神編集にすがるような思いで期待です。

「いや、ちゃんとしゃべれてましたよ」とみなさん慰めてくれたので、そこまでひどいことにはなっていないと思うのですが……やはりしゃべるよりも書く方が本分なので……ごにょごにょ。……ともあれ素晴らしいドラマCDとなったので、この八巻といっしょにぜひぜひ楽しんでいただけたらと思います！　オススメです！

……とだいぶ調子くれたことを書いておりますが、謝罪のアナウンスが一つございます。前巻の口絵と冒頭のキャラ紹介において、『孫小龍《そんしようりゆう》』が『中華道国の王』と書かれていますが、これは間違いで、彼は『中華道国の皇帝直属部隊』です。

中華道国の王は第六巻の冒頭にちょろっと出てきた〈再皇帝《リボーンエンペラー》〉溥子《ふし》というキャラです。香耶《かや》にヒロコちゃんと呼ばれてた子です。影が薄いけど中国で一番偉いのはヒロコちゃんです。ヒロコちゃんをどうぞよろしくお願いします！

キャラが増えてきたのでわかりやすく整理しようという意図のものでしたが、チェックミスでかえって混乱を招いてしまい大変申し訳ありません。ともあれ今巻も多くの方に支えられ発売を迎えることができました！　ありがとうございます！　三原みつきでした！

ファンレター、作品のご感想をお待ちしています

あて先

〒150-0002　東京都渋谷区渋谷3-3-5　NBF渋谷イースト
株式会社KADOKAWA　MF文庫J編集部気付
「三原みつき先生」係　「CHuN先生」係

http://mfe.jp/dfj/

上記二次元コードまたはURLより本書に関するアンケートにご協力ください。
（本書の待受画像がダウンロードできます）

★スマートフォンにも対応しております（一部対応していない機種もございます）。　★お答えいただいた方全員に、この書籍で使用している画像の無料待受をプレゼント!　★サイトにアクセスする際や、登録・メール送信時にかかる通信費はお客様のご負担となります。　★中学生以下の方は、保護者の方の了承を得てから回答してください。

MF文庫J

魔技科の剣士と召喚魔王《ヴァシレウス》8

発行	2015年 2月28日 初版第一刷発行
著者	三原みつき
発行者	三坂泰二
編集長	万木壮
発行所	株式会社 KADOKAWA 〒102-8177 東京都千代田区富士見 2-13-3 0570-002-301（営業） 年末年始を除く 平日10:00〜18:00 まで
編集	メディアファクトリー 0570-002-001（カスタマーサポートセンター） 年末年始を除く 平日10:00〜18:00 まで
印刷・製本	株式会社廣済堂

Printed in Japan ISBN 978-4-04-067402-5 C0193
http://www.kadokawa.co.jp/

魔技科の剣士と召喚魔王《ヴァシレウス》
1～8巻好評発売中!
MF文庫J
魔技科の剣士と
召喚魔王《ヴァシレウス》①～⑧
著者／三原みつき
イラスト／CHuN
定価／各580円(税別)
以下続刊

剣技科×魔技科!
デュアルバトルスクール開幕!!
召喚魔法使いの証・聖痕《スティグマ》を目指して
剣と魔法をデュアルに操るスクールバトル・コロシアム!
コミック版好評発売中!
月刊 コミックアライブにて
絶賛連載中!!
コミックス
魔技科の剣士と
召喚魔王《ヴァシレウス》①〜③
孟倫(SDwing)
原作/三原みつき
キャラクター原案/CHuN
協力/Friendly Land
定価/各524円(税別)
以下続刊